桜木杏、俳句はじめてみました

堀 本 裕 樹

幻冬舎文庫

桜木杏、俳句はじめてみました

目次

プロローグ

服を散らかした自分の部屋でわたしは鏡の前に立っては、身なりを確認していた。

きょうは初めての句会……なんだけど、句会って何を着ていけばいいんだろう。わたしは散々悩んだ挙げ句、最近お気に入りの花柄《はながら》のワンピースに決めた。

ひざ丈の裾はふんわり広がっていて、春らしい軽やかさがお気に入りのポイントだ。鏡を覗《のぞ》き込むと、大学生のわりに少し幼い顔をした自分が映る。よく童顔って言われるけど、それは幼いころから変わらないショートの髪型のせいかもしれない。

高校時代に何度か髪を伸ばそうと思ったときもあったけど、部活のときに邪魔になるので思い切れず、担当の美容師さんにも「前と同じ感じで」としかお願いしたことがなかった。

それにしても、句会ってどんな感じなんだろ……楽しみではあるけど、正直ちょっと緊張する……。

すると、玄関のほうでわたしを呼ぶ母の声が聞こえてきたので、薄いピンクのカーディガンを急いで羽織ると慌てて部屋を出た。

マンションの玄関を出て母の後ろを付いていきながら、わたしは二回続けて大きなくしゃみをした。マスクがはじけ飛びそうな勢いだ。

「杏《あん》、大丈夫？」

「大丈夫じゃない。だから、嫌だったんだよ、こんな風の強い日は花粉ハンパないんだから。花粉症じゃないお母さんにはわかんないよ」

もう一つくしゃみをして、母の皐月《さつき》をにらんだ。

「でも、句会にイケメンがいるって言ったら急に行く気になったじゃない」

「なってないよ」

「じゃあ、俳句に興味があったんだ？」

「俳句なんて、別に……」

そもそも俳句って言われても、芭蕉のイメージしか浮かんでこないし、五七五で季語を入れればいいぐらいしかわかんないよ。

母から眼をそらしたわたしは、四月の空を見上げた。

自分なりにちょっと気合いを入れてオシャレしてみたけど、ほんとになんできょうお母さんの誘いに乗っちゃったんだろうとすでに後悔しつつあった。そりゃあ、ちょっとイケメンは見てみたかったけど……でも、普通に考えるとお年寄りが集まる句会なんかで恋がはじまるわけないし、特に俳句にも興味ないし。

わたしは花粉でむずむずする鼻をすすり上げた。

それにしても、と思う。

いるか句会ってちょっとかわいい名前だな。

なんで、いるか句会なんだろう。もしかして、参加者はみんないるか好きだったりして？

わたしはいるかが大好きだ。いるかと一緒に泳ぐツアーがあるみたいだけど、いつか行ってみたいなと思う。ぜったい気持ちいいに決まっている。

でも、きょうは違う。いるかに会いに行くんじゃない。参加者が自分で作った俳句を持ち寄って催す句会という場なんだと改めて考えてみると、また少し憂鬱になってきた。お母さんは楽しいっていうけど、いったいどんなふうにやるんだろう？　わたしみたいなのが行ってほんとにいいのかな……。

母の楽しそうな背中を見ながら、わたしは足どり重く会場に向かった。

第一章　四月・春の夜のジュレ

荻窪駅から十分くらい歩いたところに、K庭園はあった。

庭園には桜が咲いていた。まだ幹の細い桜だったが、強い風に吹かれながら、花を散らすまいと一生懸命咲いているようにわたしには見えた。

頑張って受験をくぐり抜け大学に入学してもう二年生になったものの、今ひとつやりたいことが見つからず、勉強にも集中できない中途半端な自分を省《かえり》みた。

わたしの大学生活にもこの桜みたいにもっと綺麗な花を咲かせないと。

「あんた、何ボーっとしてんの？」

「してないよ」

「あ、さては桜で一句作ってたな？」

それを無視して、わたしは母を追い越すと庭園に隣接している建物の玄関に入っていった。

「いるか句会かい？」

「えっ、はい」

「ほお、これはこれは。句会にまた若い子が増えるんやなあ。わしは森之内梅天《ばいてん》や。よろしゆうな」

「はい。桜木です。よろしくお願いします」

わたしは緊張して、先に会場に入ってゆくおじいちゃんの背中を見送った。

バイテンって……時代劇に出てきそうなすごい名前。やっぱお母さん、わたしをハメたんだよ。俳句なんてあんなおじいちゃんばっかりじゃん。

帰ろう、今からでも遅くはない。

「ちょっと、杏、また靴履いてどこ行くの」

「帰る」

「ここまで来て？」

「今さっき、おじいさんにあったよ、いるか句会の」

「梅天さんね。やっぱり、あんたのお目当てはイケメンか」

母はニンマリ笑う。

「……帰る」

「いいから来なさい。若い男の人もちゃんといるから」

あらがったが、ニヤニヤ笑う母になかば強引にまた靴を脱がされて、わたしは引っ張られるように会場に入っていった。

会場の入口で「わかったから、放してよ」と母に囁《ささや》きかけた。

母はしてやったりという顔つきをして、さっさと席に座る。母はとなりの席をぽんぽんと叩いて、座るよう促した。

見渡すと、もうみんな席に着いているような雰囲気だ。

母がいそいそとスタッフらしき人に、句会の会費を支払っている。

わたしは席に着いてから恥ずかしくて、ずっと顔を上げられなかった。

「さて、あと一名、もう少し遅れるそうなのでそろそろ句会をはじめたいと思います」

たぶん先生の声だろう。思っていたより、若い。

ちらっと顔を上げて、声のほうを見た。

「きょうは、初参加の人もいるので句会はゆっくりと説明しながら進めたいと思います。その前にそれぞれ自己紹介をお願いします」

自己紹介と聞いて、また慌てて下を向いた。

とにかく先生は思っていたよりも若いので少し安心した。

三十代後半くらいかな。芭蕉みたいな変な帽子もかぶっていない。着物でもないし、杖もついていない。仙人みたいな長いひげもない。

むしろコーデュロイのシャツをオシャレに着こなしている。目鼻立ちのはっきりした顔つきの先生は穏やかな雰囲気だけど、意志の強そうな眼をしている。なんだか大人の包容力がありそうだ。ドラマだったら、頼れる上司か正義感溢れる刑事役ってとこかな。でも、恋人候補としては、わたしにはちょっと年上すぎる。

あれ、やっぱりわたしはイケメン目当てで、ノコノコと句会まで足を運んでしまったのか。無念……わたしは自分の浅はかさを悔いた。

「では、梅天さんからお願いします」

「森之内梅天です。たぶんこの句会では最年長やと思います。句歴はざっと五十年ちゅうところかな。ちょうど東京オリンピックのとき、どんどん変わっていく東京を写真を撮るように俳句にして記録したいと思ったのがきっかけです。そのとき、俳句は日記にもなるんやなと気づきました。下手な日記よりも自分の気持ちが深く込められるもんやとも思います。二〇二〇年の東京オリンピックもいろいろな競技を一句に残したいなあと思っております。余生は俳句に捧げるつもりです。改めてよろしゅうな、さっきのお嬢ちゃん」

さっきのお嬢ちゃんの言葉でビクッとなり、梅天さんのほうをちょっと見た。立派なあごひげをたくわえた梅天さんが満面の笑顔でわたしを見ている。笑顔になると、両目が無くなるくらい細くなるんだ。妙なところに感心してしまい、慌てて苦笑いを返してまた下を向いた。

「奥泉エリカで〜す。いるか句会に来てちょうど一年目です。こんなに続くとは思わなかったので自分でもびっくりしてま〜す。あたしの勤めるお店に俳句好きの社長さんが飲みに来られて、いろいろ話を聞いているうちに、自分でも作ってみようかなって思いました。それでネットで俳句のことを検索してたら、いるか句会を見つけたので思い切って飛び込んでみました。よろしくお願いしま〜す」

わたしはまた顔を上げる。

パーマロングのエリカさん、外国のモデルみたいな顔立ちの美人さんだけど、ちょっと派手だな。今の話に出てきた、お店？ 社長？ 飲み？ って単語から推測するとキャバクラ嬢か。胸元開けちゃってる感じなんか、ドラマなら犯罪組織のボスの愛人役にぴったりかも。外見からはとても俳句なんてやっているようには見えない。

エリカさんのほうから、香水のいい香りがかすかに漂ってくる。マスクを外したので、よけいに鼻がむずむずした。

「ええ、鈴木鵙仁《もずひと》と申します。本宮《もとみや》先生の句会に来て二年目でございます。本宮先生が選者をされている雑誌の投句コーナーに応募して入選したのがきっかけで句会にも参加させていただくようになりました。最初はインターネットでたくさんの人が俳句を作っているのを見て、こんなに気軽に俳句を作っていいのかと刺激を受けたのが興味のはじまりでございます。

私もこんなに句会に熱中するとはつゆほども思いませんでした。普段は銀行員をやっております。銀行とはまるで違う世界なので、句会はまことに大事な気分転換にもなっております。皆さま、どうぞ、何卒よろしくお願い申し上げます」

鴫仁さん、カタイ。絵に描いたような七三分けの銀行員っていまだにいるんだ。火曜サスペンスだと、冒頭五分で殺されちゃう被害者役……って、かなり失礼な妄想してるな、わたし。でも、どんな俳句を作るんだろう。

なんて、勝手に句会の人たちでドラマの配役を考えてたら、次は母の番だ。ちゃんと話せるのかな、この人は。

「桜木皐月でございます。専業主婦のかたわら、毎日俳句を作る時間を一時間でも持とうと心がけております。俳句は洗い物をしながら、料理をしながらでも考えられるのでいいですわね。私は俳句歴三年ですが、句会デビューして、一年とちょっとです。何気なくテレビの俳句番組を見ていて、五七五でこんなに短いなら私でも作れるかしらと思ってはじめました。まだまだ勉強不足ですので、よろしくご指導くださいませ。きょうは、娘を連れてきましたなんでも、イケメ……」

わたしは母のくるぶしの辺りを蹴った。

「痛っ。ちょっと」

と、言いかけた母をさえぎるようにして、

「娘の桜木杏です。母に連れられてきました。きょうは……」

そのとき、会場のドアが開いた。

「すみません。遅れてしまいました」

「あっ、昴《すばる》さん、間に合ってよかったです。どうぞ空いている席にお座りください」

先生が微笑んで席を勧める。

立ち上がって自己紹介していたわたしの眼は、昴さんの眼とまともに合った。

昴さんは申し訳ないという表情をして、頭を下げた。

わたしも頭を下げる。

キター！　イケメン！　背が高くてスタイルもいい。句会のメンバーでドラマを作るなら、主役はこの人以外ないね。わたしは心のなかで喝采した。

「杏さん、途中ですみません。続きをお願いします」

先生が自己紹介を促す。

「はいっ」

わたしは声が一オクターブ上がっていることを隠せなかった。

「えっと、となりにいる母に連れられてきたんですけど、母が楽しそうにペンと手帖を持って俳句を作っているのを見て、ちょっと自分もやってみようかなと思いました。いるか句会の名前にも惹かれました。俳句は全くの初心者です。よろしくお願いします」

深くお辞儀をして席に座った。

隣をちらっと見ると、昴さんとまた眼が合った。

昴さんの顔は小さくて、鼻筋がしゅっと通っている。一見クールな印象なのに、眼が合って微笑む昴さんの表情はほんわかと優しい。笑うと瞳まで穏やかな色を浮かべる昴さんを見ていると、わたしの両頬に熱が集まってくるようだった。

わたしは恥ずかしくなって、眼をそらした。

「お嬢ちゃん、皐月さんの娘さんやったんやね？　親子そろって、名字と名前で季重《きがさ》なりか。ああ、コリャコリャ」

梅天さんがワンテンポ遅れて驚く。コリャコリャという間の抜けた梅天さんの反応に、みんなが和やかに笑った。

「たしかに〈桜〉は春、〈皐月〉は夏、〈杏〉もあんずと読めば夏の季語で季重なりですね。では、昴さん、駆けつけで悪いですが自己紹介を」

昴さんが立ち上がった。

「連城昴と申します。社会人一年目、俳句は高校生のころからはじめたので、八年目くらいです。広告代理店で営業をしています。コピーライター志望ですが、会社の規定で最低二年は営業部に在籍しないといけないので、今いろいろと経験を積んでいるところです。俳句はコピーを作るうえでも役立つと思いますので作り続けたいです。どうぞよろしくお願いします」

うん、声もちょうど良い高さで落ち着いた感じ。聞いてると、なんだか癒される。この声で名前を呼んでもらえたら、ときめいちゃうだろうな……。

「では、最後にすみれさん」

「はい。川本すみれです。文学部二年生で、寺山修司が好きで俳句をはじめました。小説や俳句を読むのが好きです。いるか句会に参加してきょうで六回目、ちょうど半年です。このちょっとした句会の緊張感もいいなと思っています。よろしくお願いします」

すみれさんって、わたしと同じ歳なんだ！　理知的な眼差しとつやつやしたストレートロングヘアが綺麗で、すごく大人っぽい。歳の近い女の子がいてよかったと、ほっと安堵の息がもれる。

「では、スタッフ、お願いします」

「本宮先生をサポートしています。白山土鳩《どばと》です」

「同じく、廣田千梅《ちうめ》です。句会の休憩にお出しするお菓子選びも担当しています。お菓子大臣です。よろしくお願いします」

　お菓子大臣ってなんかカワイイ。甘いものに目がないわたしは、ちょっとテンションが上がる。

「では、僕も一応自己紹介を。本宮鮎彦《あゆひこ》と申します。俳句をはじめたきっかけは、大学生のときに俳句サークルに入ったことです。最初は文章修行の一環としてはじめたのですが、しだいに俳句という韻文の世界にのめり込んでいきました。たった十七音《おん》で自然や人の心やさまざまな営み、そして宇宙まで詠《よ》めることに俳句の魅力を感じました。いるか句会は、できるだけ初心者の方にもわかりやすく、堅苦しくない座にしたいと思っています。座とは句会の集まりのことです。俳句は、〈座の文芸〉とも言われています。一人で俳句を作り一人で新聞や雑誌に投句するのもいいですが、句会で自分の句を発表し、他人の句を鑑賞することで、より俳句の楽しみは広がるものです。句会という実践の場を通して、俳句の基本や僕が気づいたことをコメントしていきたいと思います。だから、杏さん、初めてでも心配ないですよ。さっき、杏さんがいるか句会の名前に惹かれたと言いましたが、いるか好きなんですか？」

「あ、はい。いつか、いるかに乗って泳いでみたいです」

「城《じょう》みちるやなあ」

「梅天さん、古〜い」

エリカさんの素早いツッコミにみんなが笑う。

なかでも、銀行員・鵙仁さんのヒャヒヒャヒという引き笑いにギョッとなる。鵙仁さんの真面目なしゃべり方や様子とはすごく不釣り合いな、奇妙なトーンの笑い声だった。

「どうして、いるかっていう名前をつけたんですか？」

思い切って鮎彦先生に訊《き》いてみた。

「僕もいるかが好きなんですよ。それで調べてみたら、いるかっていうのは群れで行動するんですね。群れで行動することで繁殖するときや捕食するときなど、環境的に有利らしいです。いるかは身体を触れ合わせたり、あの独特の高い声を出し合って、コミュニケーションを取るみたいですね。僕はそんないるかの群れのように俳句という大きな海を自由に泳ぎ回る集まりにしたかったので、いるか句会と名づけたんですよ」

わたしは大きく頷《うなず》いて納得した。

隣の母も頷いている。

しかも、鮎彦先生のほうを見つめながら、眼を異常にキラキラさせているではないか。この満面の笑み。ヤバい。

血は争えないものだな……。わたしは、母のいつもより念入りなメイクに改めて眼をやった。

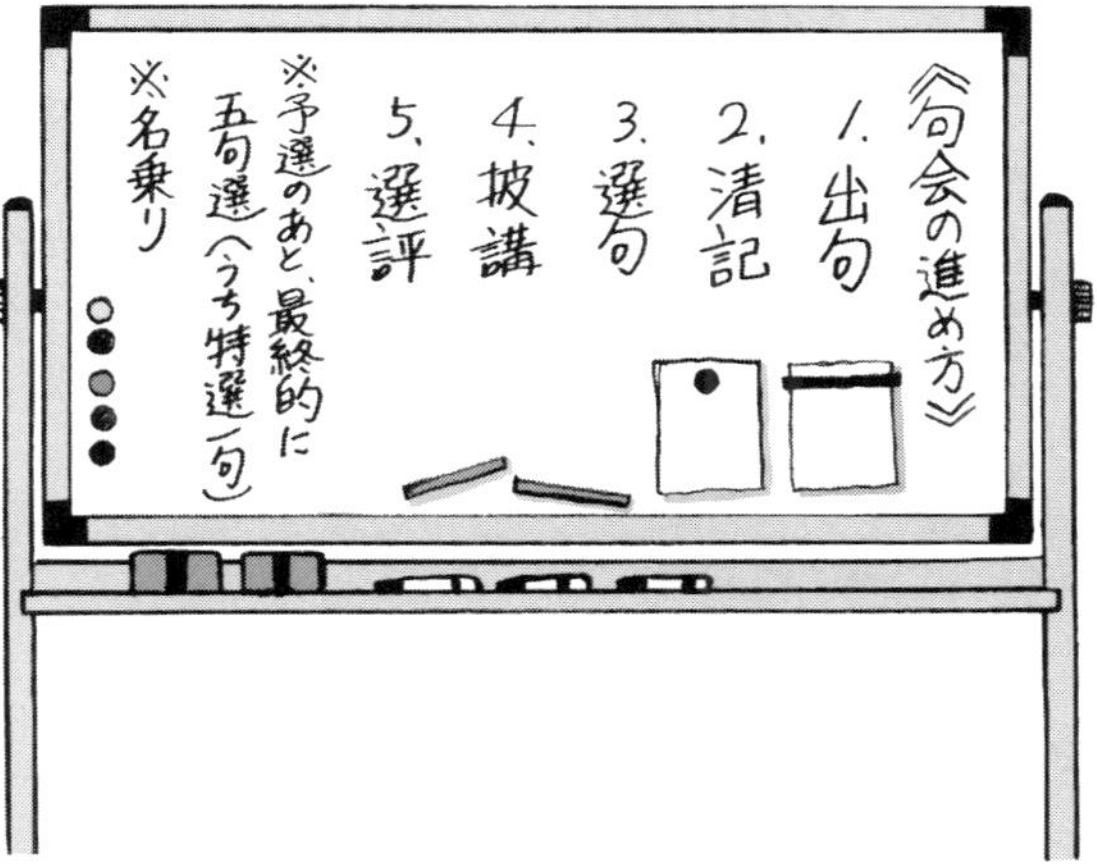
《句会の進め方》
1.出句
2.清記
3.選句
4.披講
5.選評
※予選のあと、最終的に五句選（うち特選一句）
※名乗り

いやいや、母の顔なんて見てる場合じゃない。

これから、句会がスタートするんだ。

1、出句《しゅつく》

「では、これから句会をはじめたいと思います。ちょっと、ホワイトボードを見てくれますか」

立ち上がった鮎彦先生は、ホワイトボードに書かれた《句会の進め方》をペンで指した。

「まずは1の〈出句〉からですね。お手元の短《たん》冊《ざく》に自分の句を書いてくださいね。名前は書かないでくださいね。俳句だけでけっこうです。句会によってルールは違いますが、この句会は一人五句まで投句できます。一句だけでもいいですよ。とにかく句会は参加することに意義がありますから」

鮎彦先生がそう言って席に着くと、みんないそいそとペンを持って短冊に自分の作品を書きはじめた。先生も書いている。

「お母さん、これが短冊？」

母に小声で尋《たず》ねてみた。

「そうよ。なんで？　あんたも作ってきたんでしょ。早く書きなさい」

短冊っていうけど、これA４の裏紙を何等分かに切っただけじゃん。

わたしはちょっとイメージが違ったので驚いた。

俳句の短冊は、よくテレビなんかで見るような、金箔を打った立派な固い厚紙のものだと思い込んでいたからだ。

しかも、みんな筆記用具もバラバラだった。筆で書いているのは梅天さんくらいだ。それでも簡易の筆ペンで書いている。墨をわざわざすったりはしない。あとはボールペン、鉛筆、万年筆とみんなそれぞれ好きな文房具を使っている。

そっか、じゃあ、わたしはシャーペンで書こうっと。

会場に着く前に、なんとかひねり出して作った二句を携帯電話のメモに保存してきた。五七五って短いのに作ってみるとこんなに難しいなんて。前日に母から借りた歳時記《さいじき》を開いて、そこに載っているお手本の俳句を参考にしようって思ったけど、その俳句もよくわからなかったなあ。きょうのわたしの句、大丈夫かすっごく心配。

周りを見渡すと、手帖やノートを開いたり、わたしと同じように携帯電話の画面を見ながら短冊に書き写したりしている人もいる。

先生は、名前は書かないでくださいって言ってたけど、なんでだろ？　名前書かないと誰がどんな句を作ったのかわからなくなるんじゃないのかな。でも、ま、いっか。とにかく、言われた通りにやってみよう。

「自分の句を書くときは、間違わないように書いてくださいね。この短冊に書く時点で表記が間違ってしまうと、あとで困りますからね。短冊に書き終わったら、もう一度、間違いがないか確認してみてください」

鮎彦先生の言う通り、自分の二句を二枚の短冊に丁寧な字で書いたあと、間違いがないか確認した。

よし、大丈夫。でも、いったいどうなるんだろう、わたしの句は……。なんだか自分の分身みたいで気がかりになる。でも、この緊張感も悪くないかも。

みんなが黙々と短冊に自分の句を書き写したあと、各自の短冊は書かれたほうを下向きにして、句が見えないように鮎彦先生の前に集められた。

五つの山に分けられた全員の短冊は、先生によって一つに束ねられてトランプを混ぜるみたいにシャッフルされてゆく。

「これで皆さんの俳句が出そろいましたね。このように短冊に俳句を書いて提出することを〈出句〉といいます」

2、清記《せいき》

鮎彦先生はホワイトボードのほうを見て、

「さて、これから2の〈清記〉という作業に移りたいと思います」

と、先を促した。

「皆さんに短冊の束を回していきますので、五枚ずつ取っていってください。五枚取ったら、隣の人に短冊の束を回してあげてくださいね。取られた五枚の短冊は、手元にある清記用紙に書き写してください。〈清記〉するときも、読みやすい字で、間違いがないように。皆さん、一生懸命作った句ですから、自分の句のように丁寧に扱ってあげましょう。もし、漢字にフリガナが振ってある場合は、それも書き写してあげてください。それから清記者名という欄に、自分の名前を書いておいてくださいね」

先生の句会の進め方に耳を傾けながら、わたしは〈清記〉に集中した。

〈清記〉し終えると、母のほうをちらりと見た。

母は真剣な面持ちで、清記用紙に書き写した句と短冊を見比べて、間違いがないか確認していた。わたしもその姿を見てもう一度、確認する。

「ねぇ、杏、ちょっと、私の〈清記〉に間違いがないか、確認してくれない？　私はあんたの確認するから」

ほとんどの参加者が確認の作業に入っているなか、母に囁きかけられる。

なるほど、と思った。自分だけで確認すると、見落としがちになる間違いもあるかもしれない。第三者のチェックが入ることで、それだけ間違いが減って、正確な〈清記〉になるってわけか。

わたしは素直に頷いて、母と清記用紙と短冊を交換し合って、母の〈清記〉に間違いがないか確認した。

「大丈夫。お母さんの字って改めて見ると、綺麗だね」

「ありがとう。あんたの〈清記〉、一つだけ間違ってたわよ。ほら、ここ。【る】って書き写してたけど、正しくは【ゐ】だからね。わ行い段で、現代仮名遣いでは【い】に当たる字。発音も【い】ね」

「あ、そっか。そういえば昔、古典で習ったような。あぶない……。ご指摘、ありがとうございます」

わたしはわざとかしこまって返事をした。

けっこうお母さん、俳句のことマジメに勉強してんじゃん。そういえば、たまに古語辞典なんか開いて真剣に調べてるもんなあ。

「どういたしまして。あんたもこんな綺麗な字書けるんだね」

「難しい漢字もあって、書くのちょっと緊張しちゃった。でも、人の俳句を書き写すのって、意外に楽しいもんだね。こんな発想で句を作れるんだって、驚いちゃった」

「驚くのはこれからよ。ここから〈選句《せんく》〉だからね」

「〈選句〉ね」

初めて聞く単語に、わたしはまた気を引き締める。

鮎彦先生は、参加者の作業の様子を見渡したあと、

「さあ、皆さん、そろそろ〈清記〉が終わったようですね。それでは、清記番号を振っていきます。僕から1番ということで、左へ時計回りに号令を掛けていってくださいね。では、いきます。イチ」

と言いはじめた。すると、続いて、

「ニー」と、関西なまりの梅天さん。

「サン」と、甘い声のエリカさん。

「シー」と、自衛隊のかけ声のような鵙仁さん。

「ゴー」と、母・皐月。

　母に肘でつつかれて、

「ロクッ」と、慌ててわたし。

「シチ」と、ステキな声で昴さん。

「ハチ」と、かわいい声のすみれさん。

「キュー」とスタッフの土鳩さん。

「ジュウ」と、お菓子大臣の千梅さん。

　これでみんな番号を言い終えた。

「はい。1から10までですね。最後の10番の千梅さんは、番号の後ろに止〆《とめ》と書いてください。ここまでという印です。いま自分が号令を掛けた番号を、清記番号という欄に書いてください。杏さん、大丈夫ですか？」

「はい、大丈夫です」

　ここまではなんとかスムーズにいっている。

3、選句《せんく》

「では、このまま進めていきますね。次は、3の〈選句〉に移ります」

鮎彦先生は、ホワイトボードに眼をやった。

「〈選句〉とは、読んで字のごとく、俳句を選んでいく作業です。まずは手元の清記用紙から予選をしていってください。最終的に自分が魅力を感じた俳句を五句選んでもらいます。でも、いきなり五句に絞り込んでいくのはたいへんですよね。ですから、五句に絞ることはひとまず置いておいて、先ほど言った予選、要するにいいなと思った句、ピンときた句をどんどん自分のノートなり紙なりに書き写していってください。繰り返しますが、まずは手元の清記用紙から予選です。句を書き写すときは、用紙の番号も忘れずに書いてくださいね。何番のどの句とわかるように。手元の清記用紙を見終わったら、時計回りとは逆に右隣の人にその用紙を回してあげてください。左から用紙が回ってきますから、そのたびにチェックして、また右の人に用紙を回してあげてください。そうやって、1から10番までの清記用紙すべてに眼を通して、予選を行います。そして、自分が〈清記〉した用紙が手元に戻ってきたら、一巡したということですね。全部、見たということです。全部見たら、自分の予選した句を再度見直して、五句に絞り込んでください。五句のうち、一番魅力を感じた句を特選にしてください。選んだ五句は、手元にある選句用紙に清記番号と一緒に書き写してくださいね。選句者名、つまり自分の名前も忘れずに、用紙の右下に書いてください。五句を書くときできれば、清記番号の若い順番に並べると、〈披講《ひこう》〉や〈点盛《てんも》り〉をするときに、わかりやすくていいですよね」

「それから杏ちゃん、自分の句取ったら、あきまへんで」

梅天さんが、そう言うとみんな一斉に笑った。

「あ、はい」

そうか、いくら自信があっても自分の句を選ぶのはカッコ悪いよね。

「自分の句はええ句に決まってるさかいな。前になあ、そのこと言わへんかったら、特選！　ちゅうて、自分の句を堂々と読み上げはった初心者の人がおってなあ。そら、指摘されてから本人、顔真っ赤になってしもて。まあ、かわいい間違いやねんけどな」

また、みんながどっと笑い、梅天さんもそのときのことを思い出したのか、大笑いした。

「ということで、杏さん、他の人の句を選んでくださいね」

鮎彦先生も微笑んでそう付け加えた。

「では、皆さん、集中して〈選句〉しましょう。清記番号を書き忘れることが多いのでご注意くださいね」

よし、頑張っていい句を選ぼう！　わたしは心のなかでそう気合いを入れると、清記用紙に書かれた一句一句を見ていった。

「杏、とにかく先生もおっしゃったように、ピンときたら、ノートに書き写しなさい。予選ではあまり悩まなくていいのよ。悩みすぎて、あんたのところで、用紙が止まってしまったら、句会も進まなくなるからね」

「わかった」

母にそう短く応えて、昴さんのほうを盗み見た。

昴さん、ものすごく真剣。笑顔もいいけど、集中してる顔つきも凜々しい。

自分で〈清記〉した6番を見終わると、わたしはそっと母のほうに用紙を置いた。

昴さんは少し顔を上げて会釈すると、素早くすみれさんから回ってきた次の用紙を引き寄せて、予選をはじめる。昴さんの字を見ると、えっ！　と思うくらい驚いた。すごく綺麗なのだ。母の字も綺麗だけど、それ以上かもしれない。昴さんの字は明らかに書道で鍛えた本格的な美しさだ。字の綺麗な人っていいな、とその姿に見惚れていたわたしだが、集中、集中と胸のなかで唱えた。昴さんから回ってきた清記用紙の句を読んでは、心に響いてくる句を書き写していった。

普段、パソコンや携帯電話で頻繁にメールは打つけど、大学の授業以外、紙に字を書くということをほとんどしないので、最初ノートに句を書き写すことに少しぎこちなさがあった。まあ、初めての句会だもんね、しょうがない。日頃は触れることのない俳句を自分の感性で〈選句〉するのももちろん初めてだから、肩にも多少の力が入るってもんだよね。

わたしは昴さんから清記用紙が回ってくるたびに、そこに書かれた作者のわからない一句一句と真剣に向き合っていった。その作業は五枚目、ちょうど半分くらいになると、とても心地よく感じられてきて不思議だなと思った。

それらの句の作者はまだわからないが、ここにいる誰かの作品には間違いないのだ。この句は昴さん？　まさか鵙仁さんじゃないよね？　なんて頭の片隅でちらちら考えながら、俳句を選ぶ作業は意外に新鮮だった。普段の生活でこんな新鮮さってないな、ちょっと面白くなってきたかも。

やがて、自分が〈清記〉した6番の用紙が手元に帰ってきた。つまり1から10番までの清記用紙をすべて見終わったということになる。

「では、皆さん、だいたいすべての清記用紙を見終わったと思います。これから予選した句のなかから、さらに五句まで絞り込んでください。五句に絞り込んだら、その五句のうちで一番いいと思う句を特選に選んでくださいね。選んだ五句は、選句用紙に書き写してください。では、今から〈選句〉と休憩を含めて、二十分の時間を取りたいと思います」

鮎彦先生は最終の五句に絞り込む時間と休憩を含めた締切をみんなに伝えた。

「ふう〜、きょうもいい句がたくさんあって絞り込むの、たいへ〜ん」

エリカさんがため息をついた。

「私も予選でなかなか落とすことができず、これから五句に絞るのが非常に困難な作業になりそうであります」

鵙仁さんがいかにも難しそうな顔つきをする。

「ほんまに難儀やなあ」

と、梅天さんがつぶやく。

「難しいよね〜。でもさあ、銀行でお札数えてるよりは楽しいでしょ〜」

「そりゃ、もう。比べものになりませんね」

ヒャヒヒャヒヒャヒと鵙仁さんがまた妙な笑い方をした。

鮎彦先生が締切時間を告げて五分ほど経ったころ、

「ねぇ、できた？」

母がわたしの選句用紙を覗き込んできた。

「まだだよ。お母さん、できたの？」

「できたわよ」

「え！　はやっ！」

「まあ、決断力の違いってやつね」

母は、どうだ見たかといったふうに胸を反らした。

母の選句用紙を見ると、選んだ五句をきちんと書き写して特選も決めてあった。

「ちょっとお手洗い行って、クールダウンしてくる」

わたしは、五七五で熱くなった頭を冷ますために席を立った。

すると同時に、昴さんも席を立った。廊下に出たところで後ろから、

「〈選句〉、たいへんじゃなかったですか？」

と、昴さんが落ち着いた優しい声で話しかけてくれた。

「あ、たいへんでしたけど、皆さんの句が読めて楽しかったです」

どぎまぎしながら、廊下に立ち止まって応えた。

ああ、わたし緊張しすぎだよ……。棒読みみたいな声出しちゃった。

「そうですか。それはよかった」

昴さんはほんとうによかったねといった感じで微笑む。

「でも、まだ五句に絞り込めなくて困っています」

さっきの棒読みを取り返すように感情を込めた。

「きょうは、特別いい句が多かったように思うから、ぼくもたいへんでしたね。まだ、特選をどれにしようか悩んでいるところです」

「でも、もう五句に絞り込んだんですね」

「いや、だいたいです。まだ時間があるので悩むかもしれません。これから〈披講〉〈選評《せんぴょう》〉と、句会の醍醐味に入りますから、楽しんでくださいね」

昴さんは、「じゃあ、ぼくは外の空気吸ってきます」と言って玄関を出ていった。

突然の昴さんとの会話に胸が激しく高鳴っている。しかも昴さん、紳士的でとっても優しい。楽しんでくださいねって。そりゃもうっ！　わたしは飛び跳ねるようにお手洗いに向かった。

席に戻ると、また〈選句〉に集中した。この句とこの句、それからこの句も外せないな、どんどん予選した句のなかから絞り込んでいった。

昴さんもまた席に戻ってくると、ペンを持って悩んでいるようだった。

その間に、スタッフの二人がテキパキと飲み物とお菓子をみんなの席に配ってゆく。

「えー、きょうはたぬきのかたちをしたお菓子《ポン助》をご用意しました。チョコレートでコーティングしたスポンジケーキで、とっても美味しいですよ」

そんな説明をお菓子大臣の千梅さんが行い、

「皆さん、どうぞ召《め》し上がってください」

スタッフの土鳩さんが明るく呼びかけた。

「カワイイ」

すみれさんの眼が輝いている。

みんなも口々に、このケーキに魅せられて声を上げている。

「わあ、ほんとだ」

わたしも食べるのがもったいないような愛くるしいケーキを見て、すみれさんに微笑みかけた。

「あんたは、選句用紙に書き写すまでこのケーキはおあずけよ」

そう言って母は、まあ、美味しい！　とケーキに舌鼓を打った。

母の言葉にむっとなりながらも、なんとか〈選句〉を終えることができた。

〈選句〉で頭を使ったからか、甘いケーキがすごく美味しかった。さすがお菓子大臣、できる！

ナイスチョイスのケーキに、わたしの心は和らいだ。

4、披《ひ》講《こう》

「さて、皆さん、〈選句〉は終わりましたか。大丈夫ですね。それでは、これから、ホワイトボードに書いた４の〈披講〉に移りたいと思います。いるか句会は自分の選した句は自分で〈披講〉していきます。〈披講〉とは、〈選句〉した句を読み上げて発表することです。最初に、自分の名前の後に〈選《せん》〉という言葉をつけて、自ら選した句を読み上げますよ、とみんなにわかるようにします。僕でしたら、まず《本宮鮎彦選》といいます。その後、選んだ句の清記番号とその俳句を読み上げていきます。最後に発表するのが特選です。特選を読み上げたら、《以上、鮎彦選でした》と締めくくってあげると聞いている人に親切ですね。ということでそれでは梅天さんから〈披講〉を……」

「先生、〈名乗《なの》り〉も説明しはったほうがええんとちゃいますか」

「あ、そうですね。忘れてました。梅天さん、ありがとうございます。今の状態だと、作者がわかりませんよね。いつ名前を明かすかというと、〈披講〉で句が読み上げられたときに、その作者が初めてそこで〈名乗り〉ます。たとえば、僕の句が読み上げられたとしたら、《鮎彦》というふうに〈名乗り〉を上げるわけです。下の名前で名乗るのがならわしのようなものですね。皆さん、松尾芭蕉のことをなんと言いますか？　芭蕉ですよね。松尾とは言いませんよね。松尾の句は素晴らしいっていうとちょっと変でしょ？」

「松尾伴内みたい～」

エリカさんの一言にみんなが笑う。

「それじゃあ、たけし軍団になってしまいますね。俳句の世界では、〈名乗り〉だけに限らず、ファーストネームで呼び合うのが普通なんですね。ちょっと最初は恥ずかしいかもしれませんが、だんだん慣れてくると思うので、ファーストネームを大きな声で〈名乗り〉ましょう。自分の句が何度も選ばれて〈披講〉される場合がありますが、そのたびに名乗ることも忘れないでくださいね」

「この句会では〈点盛り〉はいつもせえへんなあ」

梅天さんがまた新しい用語を言い出す。

〈テンモリ〉……わたしにはさっぱりわからない。

「そうですね。僕は点数を競うことを句会であまり重視していないので〈点盛り〉は特にしません。でも、各自点数を付けるのは自由ですよ。佳作一点、秀逸《しゅういつ》二点、特選三点というふうに、配点を決めてどの句に何点入ったかをチェックすることを〈点盛り〉といいます。〈点盛り〉をすることで、お互い刺激し合う効果が生まれることもありますね。ただ、句会で点数を多く集めたからといって、その句がいい句であるという絶対的評価には必ずしもならないんですよ。点が入らなくても、一点だけ入った句でも、いい句のときがあります。とにかく、いるか句会では参加者がそれぞれ自由に句を選ぶ〈互選《ごせん》〉句会のスタイルで、〈披講〉の後、お互い率直にその句について批評し合うことを大切にしたいと思っています。では、改めて梅天さんから〈披講〉をお願いします」

「はい。では、森之内梅天選。

2番、春燈《しゅんとう》の紫煙《しえん》に消ゆる言葉かな」

「エリカで〜す」

「3番、どこまでも自販機売り切れで朧《おぼろ》」

「鵙仁」

いよいよ〈披講〉がはじまり、わたしは息をつめて自分の句が呼ばれるのを待った。自分の句なんて、へたっぴで誰も選んでくれないに決まってると心のなかで思っていても、どこかで〈披講〉されることを期待していた。

句会ってけっこうゲームみたいで、ドキドキするもんなんだと思った。

「同じく3番、優しさはときにはみ出し桜もち」

「すみれです」

「7番、風光るデッドヒートのベビーカー」

「エリカで〜す」

「9番、桜舞う駅員一点凝視《ぎょうし》せり」

「土鳩です」

「特選4番、春の夜《よ》のジュレ虹色に崩れをり」

「皐月」

「以上、梅天選でした」

わっ！　ジュレの句、お母さんのだったのか！　わたしも取っちゃってるよ。いきなり梅天さんの特選なんて、我が母もなかなかやるね。

わたしは母を肘でつつく。

まあ、こんなもんよって感じで、母はつんと澄まし顔だ。

なんか憎ったらしいけど、その横顔には喜びがにじんでいる。

その後、エリカさん、鵙仁さん、母と〈披講〉が進んでいったが、わたしの句は一度も読み上げられることはなかった。

これってけっこうへこむもんだなあ。しょうがないか、初めての句会だもんね……と肩を落としていると、

「杏さん、次〈披講〉お願いします」

鮎彦先生の声が聞こえた。

「杏、ぼーっとしないの」

母にも小声で促されて、

「あ、はい。すみません。杏、いきます！　じゃなくて、桜木杏選。

1番、さよならは燕が低く飛んだ朝」

「すみれです」

「2番、ふらここの空へ飛び込む想ひかな」

「すみれです」

「3番、優しさはときにはみ出し桜もち」

「すみれです」

「ほお〜、スリーカードですね」

鴫仁さんが小さくヒャヒヒャヒ笑い、みんなも微笑んでいる。

すみれさんは照れたようなうれしいような表情で、わたしにぺこりと頭を下げた。

「こういうときもありますね。作品だけで選んでますからね。さあ、杏さん、続けてくださ
い」

「4番、春の夜のジュレ虹色に崩れをり」

「皐月」

「特選5番、遠足の声堤防で海を向く」

「梅天」

なにっ！　これ、まさかの梅天さんの句だったのかっ！　ありえない……昴さんの句を狙いにいったのに。ぜったい、昴さんの句だと思ったのになあ。もう〜、よりによってバイテ

ンって……。

「杏、最後、ちゃんと締めくくって」

「あ、はい。杏選でした」

わたしは完璧に気落ちしてしまった。

がっくりだよ、もう〜。梅天さん、こっち見てなんかニヤニヤしてるし。

「連城昴選」

昴さんの〈披講〉……どうせ、わたしの句なんて呼ばれっこないや。

「3番、どこまでも自販機売り切れで朧」

「鵙仁」

「5番、遠足の声堤防で海を向く」

「梅天」

「6番、停電の夜道に灯る白木蓮《はくもくれん》」

「千梅です」

「9番、ひとさじの蜂蜜ほどの春の夢」

…………。

「あれ、どなたの句ですか？〈名乗り〉お願いします」

鮎彦先生がみんなを見渡した。

母がわたしを肘でつつく。

「ちょっと、あんたの句じゃないの？　違う？」

えっえっ、ちょっと待って。そうだ！　これ、わたしの句だよ！

「杏です！」

ヤッタ、ヤッタ〜！　昴さんが選んでくれた！

昴さんがこちらを見遣《みや》って、優しく微笑んでいる。

「では、特選です。7番、火のこゑとなるまで雲雀《ひばり》揚がりけり」

「鮎彦」

「以上、昴選でした」

わたしの興奮は冷めやらない。

梅天さんの句と昴さんの句を間違って選んですごく落ち込んだけど、これでなんか帳消しになった気がする。選ばれるってやっぱうれしい！

その様子に気づいたのか、母がまた肘でつついてきて、眉毛を上下させて笑いかけてくる。

わたしも笑い返した。

昴さんの〈披講〉のあと、すみれさん、土鳩さん、千梅さんと続いた。

「それでは、本宮鮎彦選に参ります。僕は少しだけ多めに選びました。佳作、秀逸、特選の順で〈披講〉していきます」

みんな、一斉に引き締まった表情になった。

鮎彦先生の選には、やはり一番注目するようだ。

わたしも自然に背筋がきりっと伸びる。

「佳作2番、春雨や保温に変はる炊飯器」

「エリカで〜す」

「3番、優しさはときにはみ出し桜もち」

「すみれです」

「6番、停電の夜道に灯る白木蓮」

「千梅です」

「7番、号外を踏み散らかして春疾風《はるはやて》」

「昴」

「9番、ひとさじの蜂蜜ほどの春の夢」

「あ、えっ、あ、杏です」

キターっ！　ほ、ほんとに？　先生の選にまで入っちゃったよ！

わたしが足をバタバタさせているので、母の「しっ!」という叱責が飛ぶ。

「では、秀逸です。5番、遠足の声堤防で海を向く」

「梅天」

「10番、成立ての放送委員風光る」

「すみれです」

「特選4番、春の夜のジュレ虹色に崩れをり」

「皐月!」

母の〈名乗り〉の声が明らかに、今までのトーンを遥かに上回る高さになったので、ギクリとなった。めっちゃ喜んでるよ、この人。なに、この名乗ったあとの気持ち悪いほどの満面の笑みは……。

家族でいるときには見られないデレデレしまくった笑顔だった。いや、わたしも昴さんと先生の選に入ったときはこうだったのか……。だとしたら、ほんと血は争えないものだねぇと、妙な親子の絆を感じてしまった。

5、選評《せんぴょう》

「以上、鮎彦選でした。では、これから各自にまず特選句について〈選評〉していただきます。どうして特選に選んだのか、理由を聞かせてください。梅天さんからお願いします」

「はい。わしの選んだ句は、〈春の夜のジュレ虹色に崩れをり〉なんやけど、ジュレだけに、シャレてまんなあ」

「うわあ、オヤジギャグってゆうか、じじいギャグ〜」

「エリカはんには、このセンスわからへんやろなあ」

「そんなセンス、いりませ〜ん」

「ほんまにああ言えばこう言うやっちゃな……ええっと、〈選評〉続けます。〈春の夜〉という季語とジュレがなんかぴったりくるねんなあ。しかも虹色やろ。美しい句やな思て、魅力感じましたなあ」

「なるほど。この句、杏さんも選んでいますね。お母さんの句ですが、いかがですか？」

「え、そのう〜」

鮎彦先生のいきなりの指名にあたふたしてしまう。

「思ったことでいいんですよ」

「あ、はい。そのう……。先日、家族でフランス料理を食べに行ったもので。フランス料理といっても、一流店じゃなくて、庶民でも行けるような、割とリーズナブルな……」

「ちょっと、杏、あんまり恥ずかしいこと言わないで……」

母がハンカチを出して、ほんとに恥ずかしそうにしている。

「あ、その……。そのときの状況というか、料理が思い出されて……。梅天さんがおっしゃったように、美しい色合いを感じました。もちろん、母の句だとは知らずに選んでしまいました」

「杏さん、ありがとうございます。僕も特選に選んだので評を述べますが、たしかに色合いが美しい句ですよね。杏さんがフランス料理と言いましたが、ジュレはフランス語でゼリーとかゼリー寄せのことですよね。この句からは、テリーヌのような冷製料理にかけられたソースをジュレ状にしたものが思い浮かびました。そのジュレが虹色に崩れている。その表現がなんとも綺麗で、料理にリアリティを感じさせますよね。しかも、〈春の夜〉という季語が艶めいた雰囲気だから、いっそう料理が美しく引き立てられているんですね。お皿の料理を食べるのが、ちょっともったいないような料理人の演出も感じさせます。読み上げたときの言葉の響き、リズムもいいですよね。いかがですか、作者の皐月さん」

「もう先生のおっしゃる通りですわ。なぜ、そこまでおわかりになるのですか？　そこまで鑑賞していただけてほんとうにうれしいです」

わたしも鮎彦先生の鑑賞にちょっと驚いた。実際ほとんど、それに近い料理だったからだ。また鑑賞の仕方によって、句の見せる表情というか奥行きが違って見えるんだなあと感心した。

「俳句は〈省略の文学〉とも言われます。読み手は、その省略された部分を自分の想像力を広げてどれだけくみ取れるか、ふくらませられるかが問われるのですね。また、俳句は十七音しかない短い文芸ですから、読み手の想像の余地が多い分、自由な解釈が生まれて、そこが面白みの一つともいえますね」

「なるほど」

思わず、わたしと母の相づちが重なった。

「食べ物の句は美味しそうに見えないと駄目です。この句はなんといっても美味しそうですよね。食べてみたいと思わせてくれます。なんか急にお腹が減ってきましたね」

鮎彦先生が笑い、みんなも笑った。

「では、エリカさん、特選についてお願いします」

「は〜い。あたしの特選は、〈遠足の帰りにひとりふえている〉です。いったいあんた誰？ っていう感じで〜。怖いような、面白いような不思議な句でした〜」

「たしかに不思議な句ですね。作者の鴫仁さん、いかがですか？」

「いやあ、できてしまったのですね、ついこんな句が。エリカさんがおっしゃられたような、霊的な怖い感じもありますし、遠足に行った先の地元の子どもがいつの間にか遠足の列に付いてきていたという状況もあるのかなと思ったしだいです」

「じゃあ、この句は想像で作られたわけですか」

「そうです。特に実際このようなことがあったというわけではありません。とにかくできてしまったのです」

「なるほど。では、鵙仁さんの特選は？」

「はい。私は、〈優しさはときにはみ出し桜もち〉です。〈桜もち〉が季語でありますが、塩漬けの桜の葉っぱで包まれた餅の部分はまさに葉から少しはみ出しています。その〈桜もち〉の形状と〈優しさ〉を重ね合わせて一句にしたところが見事だと思いましたしだいです」

「鵙仁さん、いい評ですね。作者のすみれさん、いかがですか？」

「もう鵙仁さんの鑑賞に付け足すことはありません。〈桜もち〉を見ていると、優しさってときにそういうふうにはみ出すことがあるよねって思ったんです」

「わかるわ、その気持ち。わしの家内もいつもはみ出しっぱなしやさかい」

「梅天さ〜ん、それひょっとしておのろけ〜？」

　エリカさんと梅天さん、ほんとにいいコンビだなあ。この漫才のようなやり取りにけっこう癒されている。

すみれさんがくすくす笑いはじめ、鵙仁さんがヒャヒヒャヒ笑い出す。

「そんなアホな。家内の場合はだいたいよけいなお世話なんや。優しさなんぞ、通り越しとるわい」

「ふ〜ん。梅天さんのその立派なあごのおひげ〜、毎日のように奥様がカットしてくださるんでしょう〜。はみ出したおひげをチョ〜キチョキって〜」

「うるさいやっちゃなあ。先生、はよ次、いきまひょ」

照れくさいのか、梅天さんの顔が真っ赤になっている。

「はい、はい。では、次は皐月さんですね」

「私の特選は、〈桜舞う駅員一点凝視せり〉です。〈舞う〉の〈う〉が歴史的仮名遣いでないのが少し気になりましたが、一句の内容にとても共感したので取りました。こういう駅員さんってひょっとしているかもと思わせてくれたんです。山手線とか都会の駅員さんじゃなくて、ちょっと田舎の、一日に何本も電車が来ないホームで、近くに桜が咲いていて。物思いにふけるように、駅員さんが一点を見つめている、そんな情景が思い浮かんできました」

「なるほど、皐月さんの想像力も素晴らしいですね」

「ありがとうございます！」

だから、お母さん、声張り切りすぎだってば。

先生、好きです！　って言ってるようなもんじゃん、まったく。

「土鳩さん、どうですか？」

おいおい、土鳩さん、ほんとにいいのか、母のこんな鑑賞で。

「そうですね、そんな感じです。さすが皐月さんですね」

「そうですね、皐月さんの指摘された表記の点が僕も気になりました。なぜかというと、〈せり〉という古語を使っていますから、一句のなかに現代仮名遣いを混ぜるのではなく、できれば歴史的仮名遣いで統一したいですね。それから、俳句は五七五ですよね。杏さん、これ全部足すといくつになりますか？」

「あ、えっと、十七文字です、か」

「そうですね。俳句はよく十七文字と言われますが、正確にいうと十七音《おん》なんですね。文字の数ではなくて、音の数で勘定するのが正しいんです。だから、五音、七音、五音で足すと全部で十七音になります。最初の五音を上五《かみご》、真ん中の七音を中七《なかしち》、最後の五音を下五《しもご》といいます。この句の上五は〈桜舞う〉ですね。歴史的仮名遣いだと〈桜舞ふ〉となります。では、杏さん、中七は？」

「〈駅員一点〉ですか？」

「そうですね、でもこの句の中七は、音を数えてみると、実は八音になっています。一点

（いってん）の小さな〈っ〉、つまり促音は一音に数えますから、えきいんいってん、で八音ですよね。そして、下五が〈凝視せり〉で五音です。凝視せり（ぎょうしせり）の小さな〈ょ〉つまり拗音は一音には数えません。〈ぎょ〉で一音なんですね。ということはこの句、全部で杏さん、何音ですか？」

「えっと、十八音ですか？」

「そう、十八音なので、定型の十七音よりも字が多い。こういう句を字余《じあま》りといいます。何を言いたいかというと、十七音である俳句の真ん中、中七がたるんでしまうと、一句全体もたるみがちになるんですね。だから、できるだけ、中八や中九にならないようにしたい。リズムを整えるということです。この句を声に出して読み上げてみてください。リズムが悪い感じがしませんか？　そう感じたら、五七五の定型のリズムになるように、推敲したいですね。推敲とは、詩や文章を何度も練って良くなるように考えることです。添削例はたくさんあると思いますが、たとえば、こんなふうに直してみるとどうでしょう。〈駅員の見る一点や花吹雪〉、土鳩さん、いかがですか？」

「たしかに、字余りが解消されてリズムがよくなりました。駅員一点凝視、という息苦しいような漢字の連なりもなくなって読みやすいです」

土鳩さんも納得といったふうに頷いている。

「ええ句になったのう。中七に置かれた〈や〉の切字《きれじ》も効いてんねん」

梅天さんのいう〈や〉の切字の意味がよくわからない。

「まず語順を入れ替えてみました。桜よりも先に駅員を上五に持ってきたのですね。〈凝視〉という漢語的な硬い言葉もシンプルに〈見る〉と表現する。それから、切字〈や〉を使って、一点だなあと詠嘆するわけです。そうすると、一点が強調されて、いっそう象徴的な意味合いが強まってきます。〈桜舞う〉は、〈花吹雪〉に替えてみました。〈桜舞う〉はおそらく、〈桜散る〉の意味だと思うのですが、いまいち季語として使うときに成熟していない表現なのです。以上の観点から添削してみました。土鳩さん、参考にしてみてくださいね」

「ありがとうございます」

この短時間でこんなにチャキチャキ添削するなんて、鮎彦先生、スゴイかも。隣の母は当然のごとく瞳をキラキラさせて先生を見つめている。なるほどね、先生の見た目だけに惹かれてるわけじゃないってことか。

「では、杏さんが選んだ特選についてお願いします」

「はい、わたしは、〈遠足の声堤防で海を向く〉を特選にしました。遠足の列がガヤガヤとおしゃべりしながら歩いていたのが、堤防にくると一斉に海のほうへ声が向いた様子がわかるなあと思って特選にしました」

まさか、昴さんの句だと思ったから選んだとは言えないよね……。でも、この句自体は、ほんとに好きだな。

「そうですね、僕も秀逸に選んだのですが、この句の眼目は、〈声〉ですね。たとえば、杏さん、〈遠足の目が〉にしてみたらどうですか？」

「う〜ん、ちょっと当たり前になってしまうような……」

「平凡になってしまいますね。〈声〉と表現したことで、遠足の列の状況にリアリティが生まれて、海に向かって〈声〉が放たれてゆくような、遠足の子どもたちの喜びも表れているように感じますね。あ、海だ！　という驚きもありますね」

「作者はわしやけど、この前の日曜に実際こんな風景を見たんや。それをただ一句にしただけやけどな」

梅天さんはあごひげを撫でながら、照れくさそうにしている。

「そうでしたか。遠足に出会ったおかげでいい句ができてよかったですね。では、昴さんの特選を」

「ぼくは、〈火のこゑとなるまで雲雀揚がりけり〉をいただきました」

いただきましたっていう言い方もあるんだな。なんか品があって句会って感じがするなあ。

昴さんが言うと、やっぱりカッコいいし。

「雲雀は空高く舞い上がって囀《さえず》りますが、その声が火のように激しく燃えるまで高く高く天空を上ってゆく、という何か志のようなものを感じて胸が熱くなり選びました」

「僕の句ですが、昴さんのように解釈していただけるとうれしいですね。付け足すことはありません。ありがとうございました。では、すみれさん、お願いします」

「はい、私の特選は、〈風光るデッドヒートのベビーカー〉です。デッドヒートするベビーカーって、何か恐ろしい感じがあって、ベビーカーのなかにいる赤ちゃんは大丈夫かなと心配にもなったのですが、そのブラックユーモアに惹かれました」

「わしも佳作に選んだんやけど、おもろい句やなと思ったなあ。発車寸前の電車かバス目指して、何台かのママ友のベビーカーが、えらい勢いで走ってるみたいな映像が浮かんできたんや、必死の形相とともに。そやけど、季語が〈風光る〉やさかい、不思議に穏やかな感じもあんねん。ちょっと変わった句やな」

「ああ、なるほど。お二人の鑑賞を聞いていると、この句、すごくよく見えてきましたね。取ればよかったかな」

「先生、今からでも遅くないですよ〜、特選にしてくださ〜い」

作者のエリカさんが、ウィンクして甘ったるい声を出したので、みんなが笑った。

二人の鑑賞を聞いていて、わたしの頭にも映像が浮かんできた。

俳句だけを見ていると、自分ではなかなか浮かばなかった映像が誰かの解釈を手がかりにして、パッと絵が見えてくる一瞬ってあるんだな。なんだか十七音の魔法が解かれたみたいに。

「それでは、土鳩さん、お願いします」

「特選は、〈どこまでも自販機売り切れで朧〉にしました。自動販売機が行く先々にあるのに、どれも売り切れの赤いランプが点いている光景に、うら淋しさを感じました。東日本大震災があったとき、東京でもミネラルウォーターだけこんな状態が続きましたね。そんな情景も思い浮かびました」

「たしかに震災後の風景にも見えてきますね。昴さんも、佳作に選んでいますがいかがですか？」

「ぼくも土鳩さんと変わらない解釈です。現代の風景の寂寥感のようなものが、自販機の売り切れに表れているように思いました」

作者の鵙仁さんは、恐縮した様子で頷いている。

「では、千梅さん」

「はい。わたしは、〈成立ての放送委員風光る〉です。先生も秀逸に取っておられましたが、学生のころの校内放送とか教室のありさまが懐かしく浮かんでくる一句だと思いました」

「そうですね、〈成立て〉がいい表現ですよね。初々しい新人の放送委員の声がマイクを通し、スピーカーを通して放たれて、光る風に乗っていくようなイメージが浮かびました。グラウンドとか学校の風景も見えてきますよね。青春の一句だなあとしみじみ思わせてくれました。すみれさん、いかがですか？」

「はい、ありがとうございます。私、高校生のころ、放送委員に憧れていたんですが、結局憧れるだけだったんです。だから、当時の気持ちをちょっと思い出して作ってみました」

「今はたしか、大学のアナウンス部、でしたよね？」

「はい、やっぱりどうしてもやってみたかったので」

そっか、道理で滑舌がいいはずだ。綺麗なうえに声もいいなんて、将来の女子アナ候補だね。ますます差を感じるなあ。

わたしは中学、高校と卓球部だったけど、高校二年のときにケガをして、結局大学では卓球をあきらめたことを思った。わたしもやりたいこと早く見つけたいな……。

「僕の特選、秀逸は皆さんと重なっていたので、すでに述べましたね。もう少し他の句にもいろいろ触れたいところですが、この会場が五時きっかりに閉まってしまうので、続きは二次会でやりましょう。そうそう、最後に初参加の杏さんの一句に触れて終わりにしましょう。僕と昴さんが選びましたね。昴さん、いかがですか？」

「〈ひとさじの蜂蜜ほどの春の夢〉ですね。どんな夢かなあと〈ひとさじの蜂蜜ほどの〉の表現に想像が膨らみました。蜂蜜はすごく甘いですが、ひとさじだから、舐めたらすぐに消えてしまいます。上五、中七が季語の〈春の夢〉の淡さとうまく重なりました」

「〈ほどの〉というちょっとぼかした表現がうまいですよね。季語の〈春の夢〉も効いています。それこそ、甘い夢でも見たのでしょうか」

「実は、あのう、〈春の夢〉って季語だって知らずに作りました……。ごめんなさい」

「え？　杏、そうだったの？」

「うん……、昨日見た夢の感覚を一句にしただけだもん」

「そうでしたか。別に謝らなくていいですよ。俳句をはじめたばかりのときは、よくあることです。次は皐月さんの俳句歳時記を借りて、じっくり読んでみるといいですよ。季語の説明と例句が載っていますから、句作りの参考になると思います」

　鮎彦先生が優しい声をかけてくれる。

「お嬢ちゃんはやっぱり、皐月さんの血を引いとるんやな。最初の句会で、先生に選ばれるとはたいしたもんや。これからも続けなはれや」

　梅天さんの温かい言葉に、わたしは「はい！」と元気よく頷いた。

「この子、きょうはビギナーズラックですわ。杏、これから勉強しないとね」

「うん」

「初めての句会はどうだった〜？」

エリカさんの問いかけに、

「はい。意外に楽しかったです」

と、わたしが応えた瞬間、

「意外にって、あんた。思った以上にでしょ！」

母が今にも本気でキレ出しそうだったので、慌てて、

「めちゃくちゃ楽しかったです！」

と、言い直した。

「無理しないの〜、杏ちゃん。でも、次も来てね〜」

エリカさんの軽いツッコミを初めて受ける。

みんなの和やかな歓迎の表情に包まれながら、すっかり句会の一員になったようで、わたしも温かい気持ちになっていった。

「さあ、次は五月ですね。今回の兼題《けんだい》は〈風光る〉でしたが、次の兼題は〈薫風《くんぷう》〉にしましょうか。青葉のなかを吹き抜ける風のことですね。〈風薫る〉ともいいます。〈風光る〉と〈風薫る〉、どちらも風の季語ですが、季節も違いますし、イメージもまた違いますのでそこ

を実感してみましょう。もちろん、自由題でもけっこうですよ。では、椅子を片づけてから二次会の居酒屋に向かいましょう」

鮎彦先生が、「皆さん、ありがとうございました」と挨拶して締めくくると、みんなは口々にきょうの句について話しながら身の回りを片づけて、会場をあとにした。

第二章　五月・修司忌のかもめ

四月の句会後の二次会は、ほんとうに楽しかった。

句会では触れられなかった句の感想やアルコールが入っているからこそ言える作者へのツッコミが炸裂したりしてすごく盛り上がった。

わたしが二句出したうちのもう一句は、全然ダメだったみたい。季語の使い方がいまいちとか言われてしまった。それなりの理由があって、選ばれないんだなあ。みんな、あんな短時間でいろいろ句を読み解いてすごいと思う。それも慣れだって、鮎彦先生や梅天さんに言われたけど、わたしもいつかできるようになるのかな。それにしても、自分の句が選ばれないとちょっと悔しい。あれ？　わたし、なんかまた俳句作ろうって気になってる。句会では、素敵な人にも出逢えたしね。

けれども、用事があるとかで昴さんは二次会に出席しなかったので、わたしは内心がっかりもしていた。せっかくいろいろ話せると思ったのに。まあ、でもいるか句会に行けば逢えるんだから……、わたしはそう自分に言い聞かせた。

それで句会の楽しさもあったけど、昴さんに逢いたい気持ちで五月のいるか句会にも行ってみたら、え〜っ、昴さん、まさかの欠席じゃん……。風邪ひいちゃったらしい。昴さん、大丈夫かなあ。しかもその日は、わたしの作った句は誰も選んでくれず……踏んだり蹴ったりの結果に終わったのだった。

「杏、こんな日もあるわよ。気にしない気にしない」

会場の玄関を出たところで母に慰められたけれど、わたしの肩はがっくり落ちていた。

「二次会行ってさ、冷たいビールで厄払いしようよ、ねっ！」

「いいよ、きょうは。お母さん、一人で行きなよ」

「何言ってんのよ、あんたももう飲める歳でしょ。さあ、行くわよ」

「行かないってば。飲み会って気分でもないし」

「あんた、こんなことで落ち込んでたら俳句なんて続けられないわよ。俳句は山あり谷ありなんだから」

「きょうの山でもう息切れ」

「あんたって子は……」

「あのう、すみません。このあと、二次会参加しますか？」

あ、すみれさんだ。わたしと同じ大学二年生で将来の女子アナ候補。そういえば、すみれさんの句でちょっと訊きたいことがあったんだ。句会で訊きそびれちゃったから。

「母は参加しますが、わたしはきょうは帰ろうかなって」

「すみれさんは、二次会行くわよね？　この子はきょう、誰にも自分の句が選ばれなかったからってすねちゃってるんですよ」

「別にすねてないよ。そんな気分じゃないってだけ」

「じゃあ、杏さん、私とちょっとお茶でもしませんか？　杏さんと少し話したいなあと思って」

「あ、それいいですね。ちょうど、すみれさんの句で訊きたいのがあったんです」

「どの句かな？　よければ、私のお気に入りのカフェがあるんだけど、これから行きませんか？」

「行きたいです！　二人女子会ですね。というわけで、お母さん、二次会はお一人でごゆっくり鮎彦先生のおそばでどうぞ」

「あんたね……」

「皐月さん、すみません。娘さん、お誘いしてしまって」

「とんでもない。すみれさんならいいのよ。お願いしますね。俳句のこと、杏に教えてやってちょうだい」

そんな流れになって、すみれさんと一緒に荻窪駅から二駅離れたところにあるカフェに向かったのだった。

「わあ、雰囲気ありますね〜」

カフェの扉を開けると、コーヒーの香りがふわっと漂ってきて、レトロな内装に落ち着きを感じた。

「私、このお店が大好きでたまに来るの」

すみれさんが微笑みながら、窓際の席を指さしてそこに座った。

「わかります。何度も来たくなる雰囲気ですよね。なんか、宮崎駿の『耳をすませば』に出てくる地球屋になんとなく似てないですか？」

「やっぱりそう思う？　私も初めてこのお店に入ったとき、そう思ったの。あの古時計が一番好きなんだけど、他にもいろんなアンティークが置いてあって、時間が優しく流れているような感じがして。杏さん、お腹すいてない？」

「すいてます。オススメありますか？」

「ナポリタン、最高だよ」

「食べたい！」

すみれさんもナポリタンを注文して、二人はペロリとたいらげてしまった。

「これ、大盛りでもいけますね」

「私、何度か大盛り食べたことあるよ」

注文するとき、ちょっと恥ずかしかったけど。そう言ってすみれさんは笑うと、食後のコーヒーを持ってきてくれるようにマスターに声をかけた。

「すみれさん、きょうの句会の兼題〈薫風〉で、〈薫風に飛びたいわたしのワンピース〉、って句を作って出したんだけど、誰も選んでくれなかったんです。やっぱダメですよね、この句」

「そんなに悪くないと思うけど」

「いえ、はっきり言ってもらえたほうが勉強になるので、すみれさんの選ばなかった理由をよかったら聞かせてください」

「うん。ちょっと待ってね」

すみれさんはしばらくわたしの句を真剣に見つめていた。

「う〜ん……句の意味というか、気持ちはよくわかるんだけど、まず〈わたし〉の言葉は削れると思ったかな。〈わたし〉って言わなくても、俳句は作者が出ているから。〈わたし〉とか〈我〉って俳句で使うときは、よほど強調したいときに使う言葉だって、入門書に書いてあったような。あと〈に〉も説明しているような使い方だし、〈飛びたい〉って気持ちを気持ちのまま直接言わないで、もっと他の表現の仕方もあるのかなと。っていっても、鮎彦先生みたいに添削例がするするとは出てこないけど。ごめんね、生意気なこと言って」

わたしは慌てて首を振りながら、

「きちんと評してもらってうれしいです。すみれさんのようにもっと自分の句を客観的に見られるようになりたいです」

「人の句だと生意気なこと言えるんだけどね。私も自分の句は全然まだ見えてないの」

すみれさんはそう言ってはにかんだ。

コーヒーが運ばれてくると、わたしはお店の看板でもあるその美味しさに、また眼を見張った。すみれさんも、満足そうに味わっている。

しばらく「美味しいね」と二人で言い合いながら、コーヒーを飲んだ。

そうだ、すみれさんの句で訊きたかったことがあったんだと、わたしはふと思い出した。

「すみれさんの句で、〈修司忌やかもめへパンのかけら投ぐ〉っていうのがあったじゃないですか。わたし、なんとなく惹かれたんだけど、結局意味がいまいちわからなくて取れなかったんです。なんとか忌っていう俳句もきょう初めて知ったし。修司忌って、修司さんって人が亡くなった日のことなんですよね？」

「うん、そうなの。私、寺山修司の俳句や短歌が大好きで。忌日《きじつ》俳句っていうのがあって、俳人だけじゃなくて、俳句や短歌、文学にゆかりのあるいろんな人たちの亡くなった日が、忌日として季語になってるんだよ。寺山修司が亡くなったのは、昭和五十八年五月四日で立夏の前だけど、夏の季語として歳時記に載ってるの。歳時記によっては載ってないのもあるんだけど。ほら、ここ」

すみれさんは歳時記を開いて見せてくれた。

「ほんとだ。寺山忌でもいいんですね。四十七歳で亡くなってるんだ」

「うん、ちょっと早すぎるよね……。昭和十年生まれだから、長生きだったら、まだ生きててもおかしくないから」

「そうですね、たしかに」

「同じ青森県出身の作家だと、桜桃忌《おうとうき》が有名かな」

「桜桃忌ならわかります。太宰治ですよね」

「そうそう。ほら、桜桃忌も歳時記に載ってるでしょ。太宰忌ともいうけれど、亡くなった日が六月十三日だから、これも夏の季語ね」

「なるほど。そっか、でも、忌日俳句ってどうやって作るんですか？　すごく難しそう」

「まずその作家の作品をある程度読んでいないと作れないかも。それから、作るときは、やっぱりその人物に心を寄せて作ることが大事だね。私が修司忌の句を作るときは、自然に哀悼の念とか尊敬の気持ちなんかがこもってると思うなあ」

「そんなに寺山さんが好きなんですね」

「高校生のときから好きだよ。五月になると、この文庫本をいつもカバンのなかに入れてるの」

すみれさんはカバンから『花粉航海』というタイトルの文庫本を取り出して手渡してくれた。解説には、十五歳から十八歳までの作品が収められていて、寺山修司の自選代表句集とある。

「寺山修司は俳句からスタートして、短歌、ラジオドラマの脚本、戯曲、劇団主宰、映画監督とどんどん自分の表現の幅を広げていった多才な人だったの。といっても、私の生まれたころはもう亡くなっていたから、残された作品に触れるしかなくて、すごく残念なんだけど。リアルタイムで、演劇実験室〈天井桟敷〉の生の舞台とか観たかったなあ。市街劇『ノック』っていう伝説の舞台があってね。それは高円寺・阿佐ヶ谷の街そのものを舞台にして、三十時間にわたって同時多発的に何十箇所にもわたって上演されたみたいなの。銭湯で裸の男たちが急にセリフを大声で言い出したことで、警察沙汰になったりもして新聞でも大騒ぎ。とっても刺激的だよね。寺山が活躍した一九六〇年、七〇年代って、その時代独特の熱みたいなのが作品から伝わってきて、なんかすごく憧れる！」

「時代独特の熱……」

「ごめんね。ついつい熱く語っちゃった」

「いえ、大丈夫です。面白いから、もっと寺山さんのこと聞かせてほしいです。すみれさんの句はどんな思いを込めて作ったんですか？」

「私の好きな寺山の短歌で、〈人生はただ一問の質問にすぎぬと書けば二月のかもめ〉とか、〈灯台にゆきてかえらぬわが心遠き鷗を見て耕せり〉とか、あるんだけど、寺山作品のモチーフの一つになっている〈かもめ〉の言葉を使って一句を作ろうと思ったの。だから、〈修司忌やかもめへパンのかけら投ぐ〉って寺山への憧れの気持ちもあって、空を飛んでいる〈かもめ〉へ〈パンのかけら〉を力いっぱい投げているのかもしれない。自由に空を飛んでいる〈かもめ〉が寺山の魂のようにも見えるなあって。そんな気持ちかなあ」

「すごいですね。すみれさんの寺山さんへの思いにも独特の情熱を感じるな。しかも短歌まで覚えてるなんて。わたしも母に名句は覚えたほうがいいよって言われるんだけど、なかなか覚えられないです」

「私もそんなに覚えてないよ」

「あと、〈修司忌や〉の〈や〉ってどういう意味で使うんですか？」

「切字の〈や〉といって、ここで意味的に切れるの。あとは詠嘆の意味。この句だと、きょうは寺山修司が亡くなった日だなあっていう気持ちが〈や〉に込められてるというか。だから、寺山が亡くなった日を意識して、かもめにパンのかけらを投げてる感じだね。〈や〉って古くさく感じるかもしれないけど、読み上げてみると言葉の響きが良くて、私はけっこう好きかも」

すみれさんはちょっといいかなと言って、わたしの手から『花粉航海』を取ってページを繰りはじめた。

ほんとに寺山さんの作品が好きなんだなとわたしはコーヒーを飲みながら、その手元を見つめていた。

「たとえば、〈秋風やひとさし指は誰の墓〉も上五で〈や〉を使ってるよね」

わたしはそのページを覗き込んだ。

「なるほど。この〈や〉も上五で切れてる意味なんですね。〈秋風〉と〈ひとさし指は誰の墓〉とは直接関係ないですしね」

「そう、ほんとうは関係ないんだけど、切字の〈や〉をクッションのように挟んで言葉をこういうふうに置かれると、上五と中七・下五の言葉とがぶつかって不思議な言葉の空間が生まれると思わない？」

「秋風にひとさし指を立てている風景が浮かんできますね」

「それを〈誰の墓〉っていえるのは寺山しかいないと思うんだよね」

「なんか怖い句ですね」

「怖いだけじゃなくて、そこに悲しみが滲んでいるというか。秋風だから、よけいに淋しさが感じられるよね。それに寺山は幼いころに、お父さんを亡くしてるの。戦場で病気で亡くなったらしくて。だから、〈誰の墓〉って問いかけてる感じだけど、きっと戦争で命を落とした兵士やお父さんの死が頭にあったんじゃないかなって」

「深いですね、そういうふうにこの句を読むと」

「〈父と呼びたき番人が棲む林檎園〉、〈麦の芽に日当るごとく父が欲し〉、なんかは、お父さんが恋しいって気持ちがとても出てるよね」

「なんか切ないなあ……。他にすみれさんの好きな句ありますか？」

「私が一番好きな句は、〈林檎の木ゆさぶりやまず逢いたきとき〉」

「あ、その句、わたしも好きかも。青森だから林檎がよく出てきますね」

「いいよね、この句」

「恋人かな？　逢いたかったのは。なんか誰かに待ち合わせをすっぽかされて口惜しがっているようにも見えますけど」

「面白いね、その解釈。すっぽかされてイライラして林檎の木をゆさぶっているみたいな。

私は、待ち合わせすらできなくて、全然思いが伝えられない人を好きで好きで恋しい気持ちが、林檎の木をゆさぶる行動になったのかなと。逢いたいのは片思いの人かもしれないし、亡くなったお父さんかもしれないよね。誰に逢いたいかが省略されてるから、そこをいろいろ想像するのも楽しいかも」

「ほんとですね。まだまだ、句の裏にあるいろんな物語が考えられそう」

「俳句の面白さはやっぱりそこが大きいよね。読む人によって、違った解釈が出てくるところがいいなって。国語のテストじゃないから、正解を無理に言い当てなくてもいいし、正解なんてないのかもしれないしね」

「そうですね。正解のない感じがいいですよね。でもこの句、〈逢いたきとき〉って、字余りってやつですか？」

「そうだよ。下五の五音のところが六音になってるから。この句の字余りは、逢いたい気持ちが溢れて、その気持ちがそのまま十八音になって言葉も溢れた感じに思えるなあ。表現の方法として字余りを活かしたか、自然に思いが溢れて字余りになったか。どちらにしても、字余りだからこそ、この句はいっそういいように感じるよね」

「ただ字余りになっちゃったみたいな感じじゃないってことですね。わたしはまだ、五七五って指折り数えて字余りとか字足らずにならないように作ってる初心者だから、こんなふうに字余りを活かすなんてすごいと思います。他にもっとすみれさんの好きな句、聞かせてほしいです」

「じゃあね、〈十五歳抱かれて花粉吹き散らす〉、なんてどうかな」

「あ、いま金色の花粉に包まれている少年が浮かんできました」

「ちょっとエロチックで、青春って感じだよね」

「少年がほんとに花みたいに見えてきますね。この句も誰に抱かれたっていうのが省略されてるんですね。好きな少女に抱かれてるのかな。この句の季語は花粉？」

「花粉は季語になってないよ」

「え、じゃあ、季語はどれですか？」

「季語はなくて無季の俳句」

「季語がなくても俳句なんですか？」

「うん、俳人の考え方にもよるみたいだけど、寺山は無季の句もよしとしたみたい。でも、この句、花粉って言葉が季語のような大事な役割を果たしてるかもって、杏さんと話してて思ったなあ」

「たしかに、花粉って言葉が輝いてる感じしますね」

「下五の〈吹き散らす〉も十五歳のまだ恋を知りはじめたばっかりの気持ちっていうか、喜びっていうか、そんな気持ちが伝わってくるよね。この句はどう？〈大揚羽教師ひとりのときは優し〉」

「わかります！　そんな先生いますよね」

「いるよね」

すみれさんの笑顔を見ながら、俳句を通して共感し合うのってほんと楽しいなとわたしは改めて思った。まさかこんなに俳句で共感し合えたり、語り合えるなんて。俳句に対するイメージがどんどん変わってゆくようだった。

「授業で生徒みんなに話しているときの先生と、授業が終わったあととか放課後に一対一で話すときの先生の態度ってちょっと違いますよね。自分だけに語りかけてくれてるっていうか。そこに優しさを感じるのはすごくわかります。季語は大揚羽ですか？」

「そう、大揚羽で夏の句。蝶っていうと春の季語で、夏の蝶、秋の蝶、冬の蝶と蝶は四季を通じて季語になってるの。大きな翅《はね》の揚羽蝶は夏によく見かけるよね。この句は教室の窓から揚羽が見えたのかな。それともグラウンドとかで先生と話してるのかな。ゆったりした揚羽の飛び方が、なんか先生の優しさに合ってるような感じだね」

「すみれさん、好きな先生とかいました？」

「いるよ」

「どんな先生ですか？」

「え、それは秘密」

「え〜、教えてくださいよ〜。わたしは高校の美術の先生かな」

「〈教師ひとりのとき〉は、優しかった？」

「優しかったですよ。でも、先生には奥さんがいたからなあ」

「あぶない恋だね、それは。寺山にも妖しい句がいっぱいあるよ。〈遠花火人妻の手がわが肩に〉、とか」

「ちょっと、それヤバくないですか？　十五歳から十八歳までの句集なんですよね。遠くの花火を人妻と一緒に見てるってことですもんね？　人妻っていっても友達のお母さんかもしれないけど、〈手が肩に〉っていうシチュエーションは危険な匂いがしますよね」

「嘘かほんとかわからないけど、早熟な句だよね。寺山は作品のなかでよく嘘をつくから、たぶん想像で作ったんじゃないかな。でも、不思議なリアリティがあるなっていつも感心するんだよね。〈螢火で読みしは戸籍抄本のみ〉、なんかもほんとかなって思うしね」

「戸籍抄本って……、何調べてるんだろ」

「ほんとだよね。〈鍵穴に蜜ぬりながら息あらし〉、とかいったい何やってるんですかって訊きたくなっちゃうんだけどね」

「鍵穴に蜜？　蜜って蜂蜜のこと？　なんで鍵穴に蜜をぬらなきゃだめなんですか？　しかも息あらしってことは、鍵穴からこっそり覗いている感じしますね。季語はえっと……」

「無季の句だね。でも、いったい何覗いているのかな」

「妖しい情事……」

「情事といえば、こんな句もあるよ。〈剃刃に蠅来て止まる情事かな〉、蠅が夏の季語だね」

「う〜ん、ますます妖しぃ。鋭い剃刃に蠅が止まるって、なんかギリギリな危険な匂いが……。しかも、季節が夏となるとよけいに。寺山さんってかなりませてないですか？」

「すごくませてるよね。十代でこんな妖しい句、作れないと思う。俳句というよりも詩の世界が広がっているような感じがして、妖しいところとすごくピュアなところと両方あわせもっているからこそ、寺山ワールドに惹かれるのかも」

「なるほど」

「これは寺山の詩なんだけども、〈なみだは人間の作るいちばん小さな海です〉とか、すごくピュアだよね」

「いいなあ、その詩。たしかに、涙ってちょっとしょっぱいし。でも、とても寺山さんみたいにそんなロマンチックには言えないわ」

「言えないよね、こんなこと」

すみれさんとわたしはしばらく感心しながら、お互い少しだけ残っていたコーヒーを飲み干した。

「すみれさん、ありがとうございました。きょうすごく勉強になりました」

「こちらこそ。寺山の話聞いてくれてうれしかったなあ。私の話したことは、ほとんど俳句入門書で知ったこととか、鮎彦先生の受け売りだから……。私ももっと勉強しないと。楽しみながらね」

「はい、寺山さんの句、わたしも好きになっちゃいました。『花粉航海』も買いに行かないと」

「この近所の本屋で売ってるかもしれないよ」

「連れてってください！」

カフェを出て本屋に行ってからも、わたしとすみれさんは寺山修司の話ばかりをしていた。すみれさんの熱い寺山ファン魂に触れて、すっかりわたしまでファンになってしまったようだった。何よりもすみれさんと俳句について、いろいろ語り合えたことがうれしくて、また六月のいるか句会に頑張って出てみようと思った。

第三章　六月・カタツムリオトコ

六月の兼題は、「梅雨」だった。兼題っていうのは、前もって出されるお題のことなんだけど、もちろん梅雨以外の季語を使って、自由題の句を提出してもOKとのこと。句会当日もちょうど梅雨真っただ中で、K庭園の草木は雨に濡れていた。わたしは雨音を聞きながら、〈選句〉するのもいいものだなと静かな気持ちに浸っていた。

「こうやって、雨の庭を見ながら句会っていうのもいいものね」

母も同じことを思っていたようでそうつぶやいた。

「そうだね」と頷いたわたしは、予選し終えた清記用紙を隣の母のほうに回した。

先月風邪で句会を欠席していた昴さんはすっかりよくなったようだった。

昴さんも回ってきた清記用紙を手元に引き寄せて眼を走らせる。句を予選するときの昴さんは一言もしゃべらない。みんなが作った俳句をひたすら真剣に読む。わからない言葉があると、電子辞書に素早く打ち込んで調べる。予選した句をノートに書き写す。

いまさっき回ってきた清記用紙にはわたしの句が入っていたので、昴さんが選んでくれていますようにと心のなかで祈った。

清記用紙をすべて見終えて予選を済ませると、会場の雰囲気が少しだけやわらいだようだった。

鮎彦先生が最後の絞り込みの〈選句〉と休憩含めて二十分の時間を取りますとみんなにアナウンスした。

これから予選した句のなかから、五句に絞り込まないといけない。その五句のうち、一句を特選に選ぶ。最後の絞り込みにもなかなか集中力が必要で、わたしはこの句にしようか、あの句にしようかと迷っていた。

相変わらず、母は〈選句〉が早かった。

「杏、きょうのお菓子はなんだと思う？」

母は余裕の態度で、お菓子大臣の千梅さんが用意してくれているお菓子が気になるようだった。

わたしは母に適当な返事をして〈選句〉に集中した。

やがて〈選句〉を終えて、ほっとひと息ついていると、

「雨強くなってきましたね」

と、昴さんが話しかけてくれた。

「そうですね。荒梅雨《あらづゆ》ってやつですよね」

わたしは覚えたばかりの季語を言ってみた。

「杏さん、歳時記読んでいますね。俳人でないと、荒梅雨って言葉は出てこないですよ」

わたしは照れ笑いして、「覚えたてですけど」、と付け足した。

「昴さん、体調は大丈夫ですか？」

「はい、もう大丈夫です。睡眠不足がたたったのかな。徹夜でプレゼン用の資料の準備とかしないといけない日が続いて、やっと取れた休日に熱を出して寝込んでしまいました。寝込むと、独り暮らしが身に沁みますね」

独り暮らし！　わたしはその言葉に過剰に反応しそうになって慌てて気持ちを抑え込んだ。昴さんはいま、独り暮らしなんだ。でも、独り暮らしだからって彼女がいないとも限らないじゃん。でもでも、彼女がいたら、昴さんの看病してあげるよね、身に沁みることなんてないよね。

「ご飯とか、どうされたんですか？」

訊いちゃった！　思い切ったなわたし。

「冷蔵庫のものを食べ尽くしたあとは、病院の帰りにコンビニに寄って、買いだめしてしのぎましたよ。さすがに作る元気がなくて」

訊いてみたものの、わたしはなんて言葉を返していいかわからず、「やっぱり健康が一番ですよね～」とか言ってお茶を濁してしまった。もうちょっと気の利いたことが言えないのか、わたし！　すっごいチャンスだったのに……。

肘でつついてきた母のほうを見ると、ニヤニヤしている。

うるさいなと思いつつ、ふと、すみれさんのほうを見ると、すみれさんまでこちらを見て微笑んでるじゃん。気づかれてしまったか。

「雨音を聞きながら、梅雨の句会っちゅうのもなかなか粋なもんやなあ。〈梅雨見つめをればうしろに妻も立つ〉、か」

わたしのことなんか全く気にも留めずに、梅天さんが誰に言うともなく一句を読み上げた。

「愛妻俳句ですか。ヒャヒヒャヒヒャヒ」

鵙仁さんが冷やかすように笑いはじめる。

「鵙仁さ～ん、愛妻俳句じゃなくて、ただのおのろけ俳句だよ～」

すかさずエリカさんがかぶせてくる。

「アホ。この句はわしのやないで。明治生まれの大野林火《りんか》の句やがな。夫婦の絆を詠んだこの句の深さ、あんたらにはわからんやろなあ」

「そういう夫婦っていいですよね。憧れます」

すみれさんがわたしのほうを見ながら、「ねぇ」と同意を求めた。

なんだか恥ずかしくて、すみれさんに「うん」とだけ返して、わたしは梅天さんを見た。

「この句はなあ、エリカのアホがいうようなおのろけ俳句やないんや」

「アホはよけいです〜」

「林火さんはなあ、妻子を亡くしてるねん。そら、悲しい思いしたやろうなあ。その後、再婚して作ったのがこの句やねんけど、うしろに立った妻は再婚した妻やろうか、ひょっとして亡くした妻の面影《おもかげ》もどこかに感じてたんとちゃうやろか。また逆に、妻はどんな気持ちで夫のうしろに立ったんやろか。この夫婦の胸の内を思うとなあ……。この句を作った林火さんの気持ちや奥さんの気持ちをいろいろ考えてると胸がいっぱいになるわ。いやあ、俳句ちゅうのは短いけど、ほんまに深いこと言えるもんやなあ」

いつにない梅天さんのしみじみした声音に、エリカさんも得意のツッコミが出てこず、感じ入ったように窓の外の雨脚を見つめていた。

「……いい句ですね」

母がつぶやいた。

〈梅雨見つめをればうしろに妻も立つ〉、わたしは歳時記で「梅雨」のところを引き、例句に載っているその句を確かめた。

昴さんもその句に感じることがあったのか、雨の庭を黙って見ていた。

お菓子大臣の千梅さんとスタッフの土鳩さんが配ってくれた「トマトの葛まんじゅう」という一風変わった夏らしいおやつを食べ終えると、いよいよ〈披講〉がはじまった。

「森之内梅天選。

1番、古着屋の千のデニムを泳ぎけり」

「すみれです」

「同じく1番、緑陰《りょくいん》に倒れこむ心臓ふたつ」

「エリカで〜す」

「4番、蝸牛《かたつむり》男捻れて現れる」

「鵙仁」

「5番、はがねなす神の杉なり走り梅雨」

「鮎彦」

「特選8番、板前の腕夏めく切り子かな」

「昴」

「以上、梅天選でした」

う〜む、梅天さんの選には入らずか……。でも、めげないよ、わたしは。まだまだ望みはあるよ。しかし、板前の句が昴さんだとは思わなかったなあ。腕を「かいな」と読めなかった……。普通に「うで」って読んじゃったから、中七が中六になって、なんだ字足らずじゃんって思っちゃってたよ。勉強不足。

「奥泉エリカ選で〜す。

2番、梅雨空や往くあてのなき飛行船」

「千梅です」

「4番、蝸牛男捻れて現れる」

「鵙仁」

「6番、緑陰に明るきこゑの下校かな」

「梅天」

「8番、螢の夜小さきガラスの犬を買ふ」

「すみれです」

「特選7番、梅雨寒し置きどころなく外すシュシュ」

「すみれです」

「以上、エリカ選でした」

すみれさん、さすが、すごい！　わたしもすみれさんの句、選んでたよ。

でも、わたしの句は選ばれなかったなあ、でもまだまだ！

「鈴木鵙仁選です。

1番、古着屋の千のデニムを泳ぎけり」

「すみれです」

「3番、遠雷やうなじに土の匂ひせり」

「皐月」

「5番、置き去りの眼鏡に映る梅雨の雲」

「梅天」

「6番、緑陰に明るきこゑの下校かな」

「梅天」

「特選8番、板前の腕夏めく切り子かな」

「昴」

「以上、鵙仁選でした」

昴さん、すでに二人の特選ゲットか。わたしは取れなかったから、あとでみんなの〈選評〉聞いて勉強しよう。

さあ、次はお母さんの番だ。たぶん鮎彦先生の句を狙い撃ちしてくるはず。

「桜木皐月選。

1番、緑陰に倒れこむ心臓ふたつ」

「エリカで〜す」

「6番、梅雨寒しベンチに坐るウルトラマン」

「鴫仁」

「8番、螢の夜小さきガラスの犬を買ふ」

「すみれです」

「同じく8番、板前の腕夏めく切り子かな」

「昴」

「特選5番、はがねなす神の杉なり走り梅雨」

「鮎彦」

「以上、皐月選でした」

わぁ、この人、鮎彦先生の句をまんまと見抜いて特選。うれしそうな顔して……。たまには娘の句を選べっちゅうの。句会に出す句はお互い見せないようにしてるんだからさ。

「では、杏さん、お願いします」

鮎彦先生の声にハッと我に返る。

「あ、はい！　桜木杏選。

1番、古着屋の千のデニムを泳ぎけり」

「すみれです」

「2番、梅雨空や往くあてのなき飛行船」

「千梅です」

「6番、梅雨寒しベンチに坐るウルトラマン」

「鵙仁」

「7番、照れ笑ひ隠す日傘の白さかな」

「昴」

えっ、ウソ……、わたしは驚きを隠せなかった。

まさか、この句が昴さんのだとは思わなかった……。どういうこと？　照れ笑いを隠してるのは誰？　彼女なの？　違うよね、さっき休憩のとき、独り暮らしが身に沁みるって言ってたよね。じゃあ、誰なの、ほんとにこの日傘の人は。気になってしかたないよ……。

「えーっと、特選です。7番、梅雨寒し置きどころなく外すシュシュ」

「すみれです」

「以上、杏選でした」

わたしは混乱する心になんとか冷静に冷静にと語りかけて、窓の外の雨を見つめた。

「連城昴選。

1番、古着屋の千のデニムを泳ぎけり」

「すみれです」

「5番、はがねなす神の杉なり走り梅雨」

「鮎彦」

「7番、梅雨寒し置きどころなく外すシュシュ」

「すみれです」

「9番、のうぜんの花より淡くこころ寄せ」

「え、えっ、わたしです」

「あんた、わたしじゃなくて名前」

母にたしなめられて、

「はい！　杏です」

手を高々と挙げてわたしは名乗ってしまい、みんなに笑われてしまった。

コホンッと昴さんは空咳をしてから、

「では、特選です。4番、蝸牛男捻れて現れる」

「鳴仁」

「以上、昴選でした」

昴さんが選んでくれた！　しかもわたしも昴さんの句を選んでいた。でも、昴さんの句に出てきた照れ笑いをしている人が誰なのか気になって、いまいち全力で喜べない……。そうだ、昴さんに日傘の句のことを訊いてみればいいんだ。それではっきりするよね。

「川本すみれ選です。

1番、緑陰に倒れこむ心臓ふたつ」

「エリカで〜す」

「3番、遠雷やうなじに土の匂ひせり」

「皐月」

「6番、緑陰に明るきこゑの下校かな」

「梅天」

「9番、のうぜんの花より淡くこころ寄せ」

「え、杏です」

「特選4番、蝸牛男捻れて現れる」

「鳴仁」

「以上、すみれ選でした」

すみれさんまで選んでくれたよ……、うれしい。すみれさんに教えられて、寺山修司の句集『花粉航海』を何度も読んで自分なりに勉強した成果が少しだけ出たのかもしれない。すみれさん、ありがとう！

すみれさんの〈披講〉のあと、土鳩さん、千梅さんと続いて、さあいよいよこれから鮎彦先生の〈披講〉だ。やっぱり、なんか緊張しちゃうな。

「本宮鮎彦選です。僕はいつものように多めに選びました。佳作、秀逸、特選の順でいきます。

佳作1番、緑陰に倒れこむ心臓ふたつ」

「エリカで〜す」

「3番、遠雷やうなじに土の匂ひせり」

「皐月」

「6番、緑陰に明るきこゑの下校かな」

「梅天」

「7番、梅雨寒し置きどころなく外すシュシュ」

「すみれです」

「同じく7番、東雲《しののめ》や実梅もぐ音広がれる」

「昴」

「秀逸です。8番、板前の腕夏めく切り子かな」

「昴」

「9番、のうぜんの花より淡くこころ寄せ」

「わあ！　あ、あ、あっ、杏です！」

母の「足っ！」という叱責に、みんなが笑い出す。

わたしは足のバタバタを無理矢理止めさせられても、昴さんと一緒に選ばれたんだ、佳作よりすごい秀逸だ！　ワッショイ、ワッショイ！　と頭のなかで止まることなくシューイッ音頭を踊っていた。

「初めての秀逸や。そら、梅雨も吹っ飛ぶわ。杏ちゃんよかったなあ」

梅天さんがあごひげを撫でながら、わたしに片目をつぶった。

ゲッ、梅天さんのウィンク……と思ったが、ここは「はい！」と一応元気よく返事をしておいた。

「では、最後は特選です。4番、蝸牛男捻れて現れる」

「鵙仁」

おおおうっと、みんなの驚きの声がもれた。

全員の〈披講〉を終えてみると、きょうの圧倒的な人気は、蝸牛の句を作った鵙仁さんだった。

鵙仁さんのほうを見ると、抑えてもおさえても溢れだしてくる笑いを噛み殺しているようだった。肩が小刻みに震えていて、口からヒャヒヒャヒとあの奇妙な音がもれている。

「鵙仁さん、きょうは、すご～い！」

エリカさんの甘い声に鵙仁さんは我慢できなくなったのか、ヒャヒヒャヒヒャヒヒャヒヒャヒ！　と怪鳥のように笑い出した。

コワッ！　わたしは鵙仁さんの笑い声に鳥肌立つのをどうにか自分の秀逸の喜びで覆い隠すように努めた。


「きょうの皆さんの選はばらけずに、けっこう偏《かたよ》りましたね。では、〈選評〉に入りたいと思います。梅天さんから特選の句について述べてもらえますか」

鮎彦先生の指名によって、これから順番にそれぞれが取った特選について、なぜその句を選んだのかを話してゆく。ここから句会は、さらにボルテージが上がって面白くなる。特にきょうのわたしのように、自分の句が選ばれていたら、よけいに。

「わしの特選は、〈板前の腕夏めく切り子かな〉です。なんちゅうても、〈腕夏めく〉の捉え方が見事やなあ。板前の料理する腕の動きまで鮮やかに見えてくるねん。文句なしの特選やな」

「鵙仁さんも選んでいますね」

鮎彦先生の呼びかけに、きょう大人気の鵙仁さんは、喜びを隠しきれないように、いつもより高い声で話しはじめる。

「はい。先日、会社の同僚とたまにはうまい寿司でも食べようかということで、回らないお寿司屋のカウンターに座ったのですが、まさにその情景が眼に浮かびました。いい切り子で冷や酒を飲みながら、握りをつまむのは最高でしたが、板前さんはテキパキとした包丁さばきで、寿司を握ったりして、この句のように腕が夏めいていたように思います。しかし、それを一句にはなかなかできませんです。昴さんの見事な一句であると思ったしだいです」

「僕も秀逸に選びました。この句には実は季語が二つ入っているんですね」

「〈夏めく〉と〈切り子〉ですね、先生」

母がここぞとばかりに前に出てくる。

「そうですね」

「先生、私はそこが少し気になって、いい句だなと思ったんですけども、特選にはできませんでしたの」

「なるほど。一句のなかに季語が二つ以上入ることを季重なりといいますが、この句も季重なりですね。僕は初心者に指導するときは、最初はなるべく一句のなかに一つの季語だけ使うようにしましょうと言います。なぜかというと、初心者が季重なりになる場合は、ついうっかりのパターンが多いんです。要するに、季語を知らないために気づかずに、一句に二つ、三つと季語を入れてしまうパターンが多いんですね。それでは、一句のなかでどの季語を活かしたいのか、または詠《うた》いたいのかがぼやけてしまう。だから、歳時記をきちんと引いて、季語を調べたうえで、一句に一季語を推奨しているわけです。しかし、俳句をよく知っている人やプロの俳人は、季重なりを承知のうえで、一句を作る場合があります。意識的に季重なりにするということですね。そうすることで、一句の深みが増す、表現の幅が広がることが多々あります。この句の場合は、作者の昴さんは季重なりを知っていて作っていると思うのですが、昴さんどうですか？」

「はい、〈切り子〉も夏の季語だと知っていましたが、あえて季重なりにしてみました」

「そうですね。とてもよく季重なりを活かした句だと思いました。季重なりの場合は、どちらが主季語かをある程度はっきりさせたほうがいいと思うのですが、この句の場合の主季語は、〈夏めく〉という時候の季語ですね」

「〈切り子〉はギヤマン、カット・グラスともいうて夏の季語やけど、一年中使うさかいなあ」

「梅天さんがおっしゃったように、〈切り子〉は一年中ありますし、いつでも使いますよね。ただ、夏に使う頻度が多いので夏の季語になっているのです。〈ビール〉も夏の季語ですが、これも一年中飲むにもかかわらず、やはり夏に一番消費されるので、歳時記では夏に分類されているんですね。ですから、この句でいうと、主季語は〈夏めく〉、従季語は〈切り子〉ということになります」

季重なり、またきょうも一つ覚えたぞとノートにメモした。あ、そういえば、梅天さんに最初の句会のとき親子そろって季重なりの名字と名前だって言われたな。これでよくわかったよ。桜木杏はたしかに季重なりだ。季語を二つ以上使って一句のなかで活かすのは、まだわたしには難しそうだけど、いつか季重なりの句も作ってみたいな、昴さんのように。

「この句は季重なりを充分活かした句で、〈夏めく〉が〈腕〉と〈切り子〉の両方に掛かっているのもうまいですね。〈腕〉と具体的に体の一部を詠んだのも、この句の手柄です。かいな、なつめく、かなと〈な〉の語が三つ重なって韻を踏んでいるのも、板前が料理する心地よいリズムにもなっています。夏ですから、鯵《あじ》、鱚《きす》、鱧《はも》なんかを板前がさばいてる姿も眼に浮かびますね」

「先生の評をお聞きして、この句の季重なりの良さがわかりましたわ」

母は、素直に鮎彦先生の評に感銘したようだ。

わたしも鮎彦先生の〈選評〉に頷くばかりだった。〈な〉が三つ重なってるなんて、わたしにはそんな視点すら全然なかったもんなあ。俳句深すぎ……。

「では、皐月さん、特選についてお願いします」

「はい、私の特選は、〈はがねなす神の杉なり走り梅雨〉です。先生は和歌山の熊野のご出身ですから、そこの神木をお詠みになったのかなと。〈はがねなす〉の鋭さと〈走り梅雨〉とが、とても響き合っていると思いました。〈なり〉の断定がまた神木のきりっと立つ雰囲気をよく表していると思います」

「あのう、〈走り梅雨〉っていうのは……」

よくわからなかったので、ぼそっと訊いてみる。

「杏さん、梅雨の走りの意味ですよ。梅雨がはじまったころですね」

「あ、その走りですか」

「そうです。皐月さん、ありがとうございます。いい〈選評〉をしていただきました」

いえいえ、そんな……母が大げさに首を振って顔を赤らめる。

なんなんだ、この母の照れ具合は。父がこの姿を見たら、どんな反応するんだろうか。娘としては、ちょっと複雑な気分になるけど、まあお母さんにもときめきくらいは必要？　とか思ってやりすごすしかない。

「次は杏さん、お願いします」

「わたしの特選は、〈梅雨寒し置きどころなく外すシュシュ〉です。ああ、なんかわかるって思いました。〈置きどころなく〉が、ちょっと切ない感じがして。きょうも〈梅雨寒し〉って感じで、実感として一番よくわかる句でした」

「シュシュって何かわからんかったんやけど」

「やだ〜、梅天さん、これよこれ〜」

エリカさんが腕にブレスレットのように巻いている花柄の布を指す。

「おう、それか。髪飾りにもなるやつやな」

梅天さんは納得したようだ。

「作者のすみれさん、いかがですか？」

「はい。杏さんに選んでもらえてうれしいです。日常のなかで実際、感じたことを句にしてみようと思いました。帰宅してから髪留めにしていたシュシュを外して、一瞬どうしようかなって思ったことがあって。ただ、それだけなんですが」

「〈梅雨寒し〉の季語で、この句は詩になりましたね。〈置きどころなく〉はシュシュにも作者の心のようにも思えますね。僕も選びましたが、こういうさりげない日常の所作を詩にできるのも俳句の良さだと思いますよ」

「ありがとうございます」

すみれさんとわたしは眼が合って、笑い合った。

「では、昴さんの特選を」

「はい。〈蝸牛男捻れて現れる〉です。蝸牛の殻から男の顔がにゅっと現れて伸びてくるような不思議な絵が浮かんで、それがすごくインパクトがあって迫ってきました。何か意表を突かれた感じで、迷いなく特選にしました」

「この句は、昴さんだけでなく、すみれさんと僕も特選です。佳作にも選ばれています。一番人気のある句でしたね。すみれさんはどうですか？」

「私も蝸牛から男が現れるなんて、あり得ないことだと思ったんですが、とにかく昴さんも言ったように、インパクトが一番強かった句です。私は寺山修司が好きなので、寺山の異界にも通じるようなキャラの男だなと。〈天井桟敷〉の舞台に出てきてもおかしくない不可解な男だと思いました」

「寺山ワールドと重ね合わせて解釈するとは、すみれさんらしいですね。僕もこの句には、シュールレアリスムを感じましたね。小さな殻から小さな男が出てきても面白いし、見たことのない大きな殻の蝸牛から大きな男の顔が飛び出してきても面白いなと。〈捻れて〉という措辞《そじ》が、蝸牛の渦巻きを踏まえて、男の様子をリアルに描写しているのが活きているんですね。何も気持ちは述べられていないのですが、殻に閉じ込められた男の葛藤や欲望みたいなものも感じました。それがにゅっと出てくるみたいな不気味さというか、得体のしれなさというか。よくこんな面白い発想が浮かびましたね、鵙仁さん」

鵙仁さんはヒャヒヒャヒと低く笑いを押し殺しながら、

「ありがとうございます。日曜日に公園を散歩していましたら、蝸牛が葉っぱに張りついていたもので、そこから想像をふくらませたしだいです。皆さんに、いろいろと読み取っていただいて光栄であります。ただ一つだけ付け足すとすれば、上五の蝸牛で切って、皆さん解釈してくれておりますが、実は蝸牛男なんです」

と、作者の意図を述べた。

「カタツムリオトコ？」

鮎彦先生が一瞬固まった表情をした。

「ほう、そんな読み方があったとはのう」

梅天さんが感心している。

「なんか〜、仮面ライダーに出てくる敵キャラみたい〜」

　エリカさんが合いの手を入れる。

「そういえば、〈梅雨寒しベンチに坐るウルトラマン〉ちゅう句も鵙仁さんやったなあ。これは、遊園地かなんかで営業に疲れたかぶりもんのウルトラマンがベンチに座ってうなだれてるみたいな風景が見えてくるねんなあ。どっちにしても、おもろいやっちゃで、あんたは」

「梅天さん、ありがとうございます。ウルトラマンの句はおっしゃる通りの風景であります。蝸牛の句は、ほんとうにカタツムリオトコが捻れて現れたという意味で作りました」

「私は最初、カギュウオトコと読んでしまって、なんだろうと思ってこの句、いただかなかったんです」

　母がまた混ぜっ返すようなことを言いはじめる。

　わたしが蝸牛の句を選ばなかったのは、なんのことかさっぱりわからなかったからだ。昴さん、すみれさん、鮎彦先生の評を聞いていて、俳句っていろいろ解釈できるんだなと感心していたのだった。でも、カタツムリオトコってなんだろ？　鵙仁さんはやっぱり、おもろい銀行マンだということがこれではっきりわかった。

「そうですか……、そんな読みがあるとは僕も気づきませんでした。カタツムリオトコもカギュウオトコも、俳句の解釈としてはそうも読めますね。う〜ん、俳句って面白いですね。

でも、俳句の読み方としては、上五の〈蝸牛〉でいったん切って、〈男捻れて現れる〉と解釈するのがスタンダードな読みでしょうね。カタツムリオトコというのは、鵙仁さんの造語、作ったキャラクターのようなもので、それをイメージするのは読み手にとって難しいように思えます。作者の意図を聞いて鑑賞と少しずれていたとしても、作者の意図を超えて、十七音で強く印象づけたこのシュールな句の評価は僕のなかでは変わりませんが」

鵙仁さん、すんごいうれしそうだな。ヒャヒヒャヒ笑いを懸命に爆発させないように抑え込んでいるのが、肩の動きでわかる。コワイからなんとか堪えてくれ、鵙仁さん、とわたしは祈った。

「さて、僕の特選は蝸牛の句でいま述べました。秀逸の板前の句も先ほど触れましたね。もう一句の秀逸、〈のうぜんの花より淡くこころ寄せ〉について触れたいと思います」

キタッ！　いよいよわたしの句だよ。なんか自分の句が〈選評〉されるのってドキドキする。さっき頭のなかで踊ったシューイツ音頭が、ワッショイ、ワッショイと再び鳴りはじめる。

「のうぜんの花は、夏の季語でオレンジっぽいのと赤っぽいのとがありますが、僕はオレンジっぽいのうぜんの花を想像しましたね。のうぜんかずらというくらいですから、蔓性《つるせい》で庭木なんかによく植えられていて、高いところに花を咲かせますが、その花より淡いこころを誰かに寄せているっていうのが、慎み深さもあっていいなと思いました。のうぜんの花が遠い空を恋うようなイメージを重ねてみると、さらに味わい深いですよね。昴さんも選んでいますね」

「はい、のうぜんの花の色と一緒に作者の思いが重ねられていて、いい句だなと思いました」

「すみれさんは？」

「のうぜんの花が好きなんです。だから、よけいにその花より淡くというところが心に響いてきました。杏さん、誰に心を寄せているのかなって」

「そら、わし以外におらんやろ、なっ？　杏ちゃん」

神様、許されるなら梅天さんに頭突きをお見舞いしていいですか！　でも、わたしは恥ずかしくて下を向いた。

「梅天さ〜ん、句会終わったら、病院行こうね〜」

エリカさんのナイスツッコミが入る。

「私が救急車呼びますよ」

鵙仁さんがたたみかけると、みんなが一斉に笑った。

顔を上げると、笑っている昴さんと眼が合った。

わたしはまた下を向いた。まさか、昴さん、わたしの気持ちがわかって選んでくれたんじゃないよね。いや、そもそも、選ぶときは名前なんかわかんないから、作品だけで選んだのは当たり前か……。でも、作者がわたしだとわかって、昴さんは気づいただろうか。昴さんを意識して作ってみたんだけど……。

「杏さん、この調子でいきましょう。俳句続けてくださいね」

鮎彦先生の優しい言葉に、わたしは「はい！」と元気よく応えた。

「ここまで、皆さんが選んだ特選の句や僕が選んだ秀逸の句について触れてきましたが、他に触れたい句があればおっしゃってください」

よし、ここで昴さんの日傘の句の真相を訊こうとわたしは思ったが、いざとなるとなかなか勇気が出なかった。訊けないよ、やっぱ。どうしよう……。

「〈緑陰に倒れこむ心臓ふたつ〉、はどうですか？　〈心臓ふたつ〉の言葉がとても印象的だったので、作者に訊いてみたいです」

スタッフの土鳩さんが質問した。

わたしは質問しようとためらいながら、タイミングを逃し緊張していた肩の力をあえなく抜くしかなかった。

「エリカはんは、誰と倒れ込んだんやろなあ」

梅天さんがいやらしくニヤニヤした。

「先生～、このじいさん、セクハラで訴えていいですか～」

エリカさんが梅天さんを思い切り指さして言った。

「どうぞ、ご遠慮なく」

鮎彦先生も笑いもせずに平然と応える。

鵙仁さんがヒャヒヒャヒャヒ笑い出すと、みんなも爆笑しはじめた。

こういう笑いのある句会ってあるようで、きっとなかなかないんだろうな。鮎彦先生が、自由に、いるかのようにみんなを句会で泳がせている雰囲気がすごくいい。だから、わたしも俳句を続けられているような気がした。もちろん、昴さんがいることが大きな理由でもあるんだけど、俳句そのものの面白さも句会に参加しはじめて少しずつわかるようになってきた。

でも、さっきから昴さんの日傘の句が胸に引っかかってしょうがない。

「先生までエリカの味方かいな。こりゃ、かなわんわい。わしもこの句、ええな思って取ってるんやで」

梅天さんが頭を掻いている。

「この句は、あたしの青春って感じかな～。夏の静かな木陰で二人っきりでそばにいると、お互いの心臓の音がよく聞こえるんだよね〜」

「私も選びましたが、土鳩さんが言ったように〈心臓ふたつ〉にやられたって感じでした」

すみれさんが短く感想を述べると、

「そうですね、板前の句の〈腕〉といい、この句の〈心臓〉といい、具体的に体の部位を詠うことで成功していますね。〈緑陰に倒れこみたる二人かな〉、ではつまらない平凡な句になりますからね」

鮎彦先生の説明に納得する。

母もしっかりとメモを取っているようだ。

「それでは、もうすぐこの会場が閉まってしまいますので、最後に僕のほうで気になった句に触れます」

ああ、時間切れ。照れ笑いする日傘の人は誰なの？　昴さん……。

「〈梅雨の夜やラジオに触れる夜更かな〉、この句の作者は誰ですか？」

「あ、わたしです」

「杏さんの句でしたか。まず一つ気をつけたいのが、上五の〈や〉と下五の〈かな〉の切字の重複ですね。一句のなかに詠嘆を置くところは一箇所でいいですね。俳句は短いですから、焦点を絞りたいところです。梅雨の夜だなあ、夜更だなあと二つに切字を使うと詠嘆が分散してしまいますよね。だから、この句の場合は、上五の〈や〉を〈の〉にしてはどうでしょうか。そうすると、夜更だなあという一つの詠嘆に思いが込められますね。あと、もう一つ重複していることがあります。杏さん、わかりますか？」

わたしは鮎彦先生からいきなりされた問いかけに、いったん日傘の句のことを置いておくしかなかった。

自分の句をにらみつけながら、真剣に考えてみる。

あ！　ひょっとして……。

「あのう、〈夜〉と〈夜更〉ですか」

「正解ですね。〈夜〉といえば〈夜更〉と言わなくていいですし、〈夜更〉といえば〈夜〉と言わなくていいですよね。つまり、どちらかの言葉を削れるということです。どうすれば、うまく重複を避けられますか？」

わたしはう～ん……と考える。

たぶん鮎彦先生は添削例を思いついているはずだけど、わたし自身に考えさせようとしているんだなっていうのが伝わってくる。季語の〈梅雨の夜〉を変えるのはどうだろう。たとえば、休憩時間に昴さんに話した、覚えたての季語〈荒梅雨〉とか……。

「えっと、上五を〈荒梅雨の〉にするのはダメでしょうか？」

「いいですね。〈荒梅雨のラジオに触れる夜更かな〉、いいじゃないですか、杏さん。最近、ほんとうに荒梅雨という感じで、雨が降りっぱなしですからね。この句はどんな気持ちで作ったんですか？」

「はい、家に小さなラジオがあって普段めったに聞かないんですが、この日は好きなミュージシャンがラジオに生出演するんで聴いてみようかと思って、ラジオに久しぶりに触ってみたんです。それをそのまま詠んでみました」

「〈触れる〉がええやないか。〈ラジオを聴ける〉やったら当たり前やし、〈ラジオをたたく〉やったら、昔の電波の入りの悪いラジオみたいやしな。〈ラジオに触れる〉が自然でええな」

梅天さんはなんだかんだ言って、優しいフォローをしてくれる。

「杏、きょうはよかったわね。皆さんに自分の句を選んでもらって、おまけに先生に貴重なアドバイスまでもらえて」

母の言う通り、ほんとにきょうは実りが多かった。

鮎彦先生の秀逸をゲットして、昴さん、すみれさんにまで選んでもらえたんだもん。季重なり、切字の重複、言葉や内容の重複についても学べたし。これから、俳句を作るときに気をつけよっと。

母が「俳句は山あり谷あり」って言ってたけど、五月の句会みたいに全然ダメなときもあるし、きょうの句会みたいに共感してもらえるときもあるんだなとわたしは実感したのだった。

でも、昴さんに訊けなかった日傘の句の真相が胸に引っかかっている。

「のうぜんの花より淡くこころ寄せ」、わたしは昴さんのことを思って作った句をそっと心のなかでつぶやいてみた。

第四章　七月・きつかけはハンカチ

家族三人で夕飯を食べ終えると、母とわたしは、次回のいるか句会の俳句を作ろうということになった。

今までわたしは母にほとんど相談することなく、自力で作っていたのだけど、きょうは夕飯のとき、ビールを飲み干した父が不意に言った、「おまえら、俳句やってるんだったら、なんでお互いこそこそ作ってるんだ？　たまには二人で相談して作ればいいんでないの」という言葉に、母とわたしは「まあ、そうだね」とあいまいな笑みを浮かべた。どこかに母もわたしも俳句を作るときは一人で作りたいという気持ちがあるのだろう。なんだか自分の心を覗かれるようで恥ずかしさもあるのかもしれない。

しかし、食器を片づけながら、

「杏、じゃあ、今度のいるか句会ではお互いの句は選ばないというルールで一緒に作ろうか」

と、母がさりげなく誘ってくれた。

「うん、いいよ」

「七月の兼題は、短夜《みじかよ》だったよね？」

「そうそう。ミジカヨって何だっけ？」

「そういうときの」

「歳時記でしょ」

「自分で調べたほうが身になるのよ。テーブル、これで拭いて。あと、ノート、ペン、歳時記を用意しておいて。母さんは先に食器洗っちゃうから」

母の俳句手帖はどこに置いてあるのかわからないので、とりあえず自分のノートとペンと歳時記をテーブルに運んできた。歳時記は何冊かあるので、全部持ってきておいた。父は思いつきで言ったのだろうが、わたしも母もまんざらでもないという心持ちでやる気になっている。

そういう父はというと、リビングのソファに寝そべって、プロ野球のナイターを見ている。ダラダラとビールを飲みながら、柿の種をボリボリ食べている。あまりにも典型的な日本のサラリーマンといった後ろ姿に、わたしはもう何も言わない。

ある日母が、「父さんも俳句やってみたら？　面白いんだから」と一応誘ったこともあるが、「ハイク？　あれか、あの俵なんとかってのが詠んだ『サラダ記念日』みたいなやつだろ。オレだってそれくらい知ってるよ。〈この泡がいいねと君が言ったからオレはいっつもビール記念日〉、ってのはどうだ。いやあ、これうまいよ！　な？　うまくない、オレ？　杏、父さんの才能見たろ？」

当然、母はぶすっとして「俳句は五七五です。俵万智さんは短歌でしょ。何よ、そのビール記念日って。尿酸値高いんだから、いい加減にしてよ」と言い放って以来、父には一切俳句の話はしなくなったのだった。

もちろんわたしも、父の才能のなさというか、ビールっ腹を見るだけでこの人には俳句とか無理なんだろうなとあきらめている。それでも製薬会社の営業で毎日毎日、得意先を廻って頭を下げている父の仕事を考えると、一家を支えてくれているありがたみを感じざるを得ない。

たまの日曜、接待ゴルフもない日は死んだように眠り続ける父を見て、だらしないなあと思うときもあるけど、毎日家族のために働いてくれている父の貴重な充電時間を邪魔しないようにしなきゃとも思う。父に対する感謝の気持ちが、わたしも母もたまには湧き上がるのだった。

ようやく母が食器を洗い終わり、わたしが二人分のコーヒーを淹れて、やっとキッチンのテーブルの席に落ち着いて座ったというのに、

「おい、冷蔵庫にもうビールないぞ。杏、ひとっ走りしてコンビニで買ってきてくれよ」

と、すでに赤い顔をしている父が言い出した。

きょうは早いピッチでビールをぐびぐび飲んでいたから、父はかなり酔っ払っている。

「やだよ。ビール、あんまり飲んじゃダメなんでしょ」

「何言ってんだよ。このあいだの検査、セーフだったんだから、もう大丈夫だって。いいから買ってきてよ、頼む」

「ダメよ。杏、行かなくていいから。これから俳句作るんだからね。父さん、梅酒少し残ってるから、飲み足りないならそれで我慢してちょうだい」

「梅酒なんて、そんな甘いジュースみたいなもん、飲めるかってんだ」

「じゃあ、飲まなきゃいいでしょ」

母が冷たく言うと、

「あ、そういやあ、ウィスキーまだ残ってたな。母さん、ロックで頼むよ」

父が宝物に気づいたように母に食い下がる。

「杏、そういえば、梅酒もビールも夏の季語なのよ」

母は完全に父を無視して、歳時記を開きはじめた。

「へえ、そうなんだ。何でも季語になってるんだね。調べてみよっと」

わたしも父を無視することにした。

疲れているのだろうか、いつもより悪酔いしているような父を横目に見つつ、そのうちグダグダとからみだす可能性もあるなとも思った。

父は少しふらつきながら、キッチンまで来ると、

「何が季語だよ。梅酒がなんで季語なんだよ」

ぶつぶつ言って、「ちょっとその辞書見せてみろ」とわたしの歳時記をひったくった。

「もう、邪魔しないでよ」

わたしは、母のほうを見て助けを求めたが、母はあきれた顔をして首を振っている。

「なになに、〈焼酎に青梅を漬け、氷砂糖を加え、壺やガラス壜に入れて密封し、貯えておく。〉って当たり前の説明じゃないか、えっ。〈暑気払いとして用いるが、水で薄め氷片を浮かべたものは、清涼飲料として愛用されている。〉ってさ。ほらみろ、梅酒なんか清涼飲料なんだよ。こんな甘いもん飲めるかっちゅうの」

「お父さん、梅酒は立派なお酒だよ。いま、居酒屋行くとたくさん梅酒の種類あるんだから。若い子にけっこう人気あるんだよ。ねぇ、ついでにちょっと、そこに書いてある例句も読み上げてみてよ」

わたしは父がちょっとかわいそうになったので、話を継いであげた。

「例句だと？　よし、ええ〜、〈とろとろと梅酒の琥珀澄み来る　石塚友二〉、当たり前じゃ

ないか、そんなの。時間が経ったら澄んでくるんだよ、梅酒っつうのはさ。オレだって知ってるよ、そのくらい」

「当たり前って言うけど、あなた、それを十七音の言葉にできるの？　とろとろってところなんか、ほんとうにうまい表現だと思わない？　杏」

「うん、とろとろって言葉、出てきそうで出てこないと思う」

「何がとろとろだよ。まったく。ええ、それからっと、〈わが減らす祖母の宝の梅酒瓶　福永耕二〉か……。〈わが減らす祖母の宝の梅酒瓶〉、わが減らす……」

父はしばらく歳時記のそのページを見つめたまま黙っていた。

「……オレとおんなじようなことしたやつもいるんだな。杏、父さんの父方のばあちゃん、一年前に亡くなったろ」

「うん」

わたしはうなずいて、急に勢いのなくなった父の様子を不思議に思いながら見つめた。

「ばあちゃんもな、田舎の庭で取れた梅を毎年漬けててな、梅酒をこしらえてたんだ。ばあちゃん、気前がいいから梅酒ができたら、近所の人によく配ってたよ。自分の飲む分だけ、置いておいてな。そのばあちゃんが死んだとき、いろいろ整理してたら、台所の戸棚の隅から梅酒が出てきたんだよ。漬けた日のラベルの日付を見たら三十年前のものだった。一度も封を切った跡はなかったな。オヤジとオレとで、おそるおそる封を開けて、匂いを嗅いでみたら、腐ってる感じはなかったから、少しだけ飲んでみることにしたんだ。ばあちゃんが大事に取っておいた梅酒をな。ひょっとして戸棚に仕舞って忘れてたのかもしれないって思ったんだけど、まあとにかくオヤジと一緒にばあちゃん、いただきますって言って、飲んでみたんだ。これがほんとに美味くてな。あんまり美味いんで一気に飲みそうになったけど、オヤジがばあちゃんに一杯だけでもお供えしよう。あとはもったいないから、いいことがあったときにまた一緒に飲もうって約束して、それからだんだん減っていったよ。でも、そういやあ、オヤジが入退院を繰り返すようになってから、あの梅酒飲んでないな……。蒸発してなかったら、実家にまだ少し残ってるよ。母さんも杏も、今度飲んでみるか？」

「うん、飲んでみたい」

わたしは父のちょっと潤んでいる眼に気づいた。

「そんな梅酒があったのね……」

母も感じ入ったように、父を見つめている。

「ばあちゃんには世話になったからな。ばあちゃんのあの梅酒に比べたら、そのへんの梅酒なんてジュースみたいなもんだ。〈わが減らす祖母の宝の梅酒瓶〉、いい俳句じゃないか。さてと、オレはちょっと早いけど、寝るよ」

「今、お風呂沸かしますよ」

「いい、いい。シャワー浴びて、酔っ払いは寝ますよ。頑張って、俵なんとかよりもいい俳句作ってくれよ」

まだ、俳句と短歌を混同している父はそう言うと、シャワーを浴びてさっさと寝室に入っていった。

「お父さん、なんか疲れてるみたい」

「あの人、会社で嫌なことがあってもほとんど家で愚痴なんか言わない人だから。なんかあったのかもね。でも、父さんのおかげで、梅酒のいい句が見つけられたね。酔っ払いもたまには役に立つもんだ」

母はそう言って笑った。

「お父さん、〈わが減らす祖母の宝の梅酒瓶〉に心から共感したんだろうな。オレとおんなじようなことしたやつもいるんだなって言ってたもんね。おばあちゃんのこと、いろいろ思い出したんだね。俳句の力ってすごいなあ。お父さんを感動させて、ウィスキー飲むのも忘れさせて、寝かしつけちゃうんだから」

「そうね。きょうの父さんには、ちょうど薬の一句になったわね。さあ、杏、これから作るわよ。まず、兼題の短夜を歳時記で引いてみて」

テレビも消されて父も寝静まったマンションの五階は、急に静かになったようだった。

わたしはぬるくなったコーヒーを飲みながら、歳時記の夏の時候に分類されている「短夜」を引いた。

わたしの使っている歳時記は、春夏秋冬・新年の季節すべてが収録されている『合本俳句歳時記』というものだ。ちなみに歳時記では、新年は冬の季節に当たるけど、特別に独立した季として分類されているようだ。

母はいくつか歳時記を持っていたので、そのうちの一つを譲り受けたのだった。母が言うには、というか鮎彦先生の受け売りだけど、初心者が持つ歳時記は、季節ごとに分冊された文庫本よりも、すべての季節が網羅された合本のほうがいいということだった。なぜかというと、初心者は文庫本の夏だけしか持っていないと、自分の作った俳句に夏以外の季語が使われていても気づかない場合が多いからだそうだ。つまり一句に季語を二つ以上重ねる季重なりをしてしまうということらしい。でも、合本だとすべての季節の季語が載っているから、季重なりかどうかのチェックに向いているそうだ。たしかに、けっこういろんなものが季語になっているから、初心者はそれに気づかずに俳句を作る場合がよくある。そんなとき、『合本俳句歳時記』は季語を調べるのにとても便利ということだ。

「杏、短夜のところなんて書いてある?」

「ええっと、〈夏は夜が短く、暑さで寝苦しいのでたちまち朝になってしまう。明けやすい夜を惜しむ心持ちは、ことに後朝の歌として古来詠まれてきた〉だって。ゴチョウってなんだっけ？」

「きぬぎぬって読むのよ。もうあんた、後朝も知らないのね。中世のころの貴族は、男が女のところに一生懸命通ったのよ。いわゆる通い婚ってやつね。それで、朝になると男は女と別れなければいけないの。そんな気持ちを後朝という言葉にしたのね」

「な〜るほど。あとさ、〈短夜〉って書いてある下に、〈明易《あけやす》し〉とか〈明早《あけはや》し〉とか〈明急《あけいそ》ぐ〉とか書いてあるじゃん。これってなんていうんだっけ？」

「傍題《ぼうだい》のことね。簡単にいえば、〈短夜〉の別の言い方。〈短夜〉という季語の違う側面って言い方もできるかな。傍題もうまく使えるようになると、俳句はだいぶ上達するわよ」

「さすが、わが母。よく勉強してるね〜」

「まあね〜」

「きょうはどんどん、お母さんに訊いちゃっていい？」

「いいわよ。答えられることなら」

「じゃあさ、短夜の例句ですごく気になる一句があるんだけど。これ、この句」

わたしは、短夜の説明の隣に何句か載っている例句の一つを指さして母に見せた。

「ああ、この句ね。〈短夜や乳ぜり泣く児を須可捨焉乎〉、たしかに杏が注目するのもわかるわ。すごい句よね」

「ねっ、そうでしょ。なんか怖そうな句だなって思うんだけど、どういう意味なの？」

「そうね、作者の竹下しづの女《じょ》って人はどんな気持ちでこの句を作ったんだろうね。夏の蒸し暑い夜に、自分のお乳を欲しがって泣く子を捨ててしまおうかって意味よね」

「お母さんも、わたしが赤ちゃんだったころ、こんな気持ちになったことある？」

「う〜ん、そりゃ、あんたもよく泣く子だったからね、たいへんなときもあったわよ。あんたが昼寝なんかした日には夜は寝ないわ、寝てもまたすぐ起きるわでね、私もすっかり睡眠不足。でも、捨ててしまおうまでは思わなかったよ。しづの女もこんな句を作ってみたものの、ほんとうに子どもを捨ててしまおうなんて、思わなかったんじゃないかしら。最後の〈乎〉っていうのが、本心ではそんなことできるはずがないっていう強い母性の気持ちが表れていると思うなあ」

「そっか、〈乎〉がたしかにポイントね。でも、〈須可捨焉乎《すてつちまをか》〉っていう漢字をつなげた表現もすごくない？」

「中七、下五の〈乳ぜり泣く児を須可捨焉乎〉は、話し言葉そのものよね。セリフみたいな感じで。それで〈須可捨焉乎〉が全部漢字だから、ほんとうに字づらでも眼に迫ってくるわよね。俳句では字づらも大事なのよ。たとえば、私が好きなひらがなだけの俳句っていうのがあってね。杏、ちょっと、歳時記で桜を引いてみて」

わたしは『合本俳句歳時記』で桜を引いてみる。もちろん桜は春の植物に分類されて載っている。

「例句にひらがなだけの俳句載ってない？」

「あ、あった。〈さきみちてさくらあをざめゐたるかな　野澤節子〉」

「どう、その句の印象は？」

「なんか、柔らかいね。桜のしなやかな感じがよく出てるような」

「そうでしょ？　これを漢字に直して書くと……」

母はそう言ってわたしのノートに、〈咲き満ちて桜青褪め居たる哉〉と書いた。

「どう？　漢字を混ぜて書くと」

「だいぶ印象が違うね。意味は読み取りやすいかもしれないけど、字づらから受ける印象がちょっとゴツゴツした感じになったかな」

「この句はひらがなで書かれたほうが、満開の桜の幻想的な様子がよりいっそう強まるわよね。作者はそんな効果も頭に入れて、ひらがなで表記したんだと思うわ。こういうふうに俳句でいわれると、満開の桜って青ざめたような色彩に見えてくるから不思議ね。桜の時期はいつもこの句を思い出すわ。ちなみに〈かな〉は、切字ね。三大切字の〈や〉〈かな〉〈けり〉の一つね。桜だなあって感動が〈かな〉に込められているのよ。あとはそれ以上言わない。省略も〈かな〉によってされているのね」

「〈かな〉も使ってみたいな。ひらがなを活かした俳句も作ってみたいし。俳句って短いけど、いろいろ奥が深いんだよね～」

「それだけにやり甲斐があるのよ。簡単に理解できるものだったら逆につまらないじゃない。じゃあ、兼題の短夜で作ってみようか。時間は三十分で」

「え～、三十分で作れるかな……」

「短時間で作ってみるのも訓練よ」

「そっか。一句か二句ならできるかな」

「それでいいからやってみなさい」

「わかった。やってみる」

それから母とわたしはキッチンのテーブルを挟んで、黙って作句の時間を持った。でも、時間がどんどん過ぎてゆくばかりで、なかなか一句にまとまらない。母は思いついたのか、俳句手帖に何か書いている。

わたしはまだどうしても、六月のいるか句会に昴さんが出した〈照れ笑ひ隠す日傘の白さかな〉の句が気になってしょうがなかった。昴さんにとって、照れ笑いを隠した人はどんな存在なのだろう。

わたしは、ノートに〈あの人の横顔遠し明易し〉と一句だけ書いてペンが止まってしまった。そうして、歳時記で日傘を引いてみたが、なんとなく日傘の句を読むのが嫌で、近くにあった「ハンカチ」の季語のほうに眼が留まった。

へえ、ハンカチも夏の季語なんだ。傍題は、「汗拭《あせぬぐ》ひ」「ハンカチーフ」「汗拭き」「ハンケチ」……。「ハンケチ」ってなんか古い言い方だなと思って、少し可笑《おか》しかった。本来は汗を拭くことが目的だったから、夏の季語になったのか。

例句を読んでいて、好きな句が二句あった。

〈敷かれたるハンカチ心素直に坐す　橋本多佳子〉、ベンチか芝生かに座ろうとして、男の人が気遣いでハンカチを敷いてくれたんだろうな。なんというジェントルマン！　それを素直にありがとうって言って受け止める彼女も幸せそうでいいなあ。昴さんは、ハンカチ敷いてくれるかな。きっとさりげなく敷いてくれるだろうな。

〈きつかけはハンカチ借りしだけのこと　須佐薫子〉、何のきっかけだろう。たぶんやっぱ恋のきっかけだろうなあ。ハンカチを借りるって恋の手法としてはちょっと古めかもしれないけど、でも俳句になると、粋に感じるから不思議。借りた後で洗濯してアイロンかけて、きちんと返すんだよ。そこからまた、今度お食事に行きませんか、なんてロマンスが……。昴さんともこんなきっかけでいいから、いい感じにならないかなあ。

「ちょっと、杏、できたの。もう三十分経ったわよ。ねぇ、見せて」

母がいきなりわたしのノートを奪い、読みはじめた。

「ダメ、ダメ、一句しかできてないし！」

「〈あの人の横顔遠し明易し〉か。これ、ひょっとして昴さんのこと？」

「違うよっ！」

「ムキになるところがあやしいわね。〈し〉が二つ重なってるところが、ちょっとうるさいかな。まさに後朝って感じね。それとも、プラトニックラブ？」

「あのねっ！　この句はこれから推敲していい句にするんだから」

「あんた、昴さんの日傘の句、まだ気にしてるんでしょ？」

「別にしてないよ」

「そんなこと俳句からじゃ、彼女なのか何なのか、わかるわけないじゃない。今度、直接訊いてみたら。私、訊いてあげようか？」

「よけいなことしなくていいよ。気にしてないし。それより、お母さんの句、見せてよ」

「やよ」

「なんで、ずるいよ！　人のだけ見てさ」

「やよ。恥ずかしいもん」

「じゃあ、お父さんに言いつけるよ。鮎彦先生の前じゃ、鼻の下伸ばしてさ。猫なで声出してるって」

「いいわよ、別に。言いつけなさいよ。父さん、そんなこと気にもしないから」

突然、寝室のドアが開く音がして、あくびをしながら父がキッチンのほうに歩いてきた。

「なんだ？　まだやってたのか」

父はビールっ腹をボリボリ掻きながら、

「何騒いでんだ？」

と、寝ぼけた顔で訊いてくる。

「この子ね、いま好きな人がいるのよ」

しまった！　母に先制攻撃されてしまった。

「ほう、そりゃ、穏やかじゃないね。杏、今度家に連れておいで。男はな、一緒に酒飲みゃあ、だいたいわかるもんよ。杏、ちょっと、その辞書でビールを引いてみてくれ」

わたしは父のぼやぼやした顔を横目に、歳時記でビールを引いて、「はい」と言って父に差し出した。

「これだよ、これ。いいか、〈ビール酌む男ごころを灯《ひ》に曝《さら》し　三橋鷹女〉、しかし、タカオンナっつうのは変わった名前だね」

「俳号ですよ。たかじょ、です」

母が冷たく言い返す。

「男ごころはな、ビール飲んで灯に曝してだな、初めて通じ合うもんなんだよ。しかし、〈灯に曝し〉って表現、いいね～」

ふわあああ～と父は大きなあくびをしてトイレに行って出てくると、おやすみ～と言ってまた寝室に消えていった。

「何が〈灯に曝し〉って表現、いいね～よ。パジャマからはみ出たあのビールっ腹見た？　お腹が灯に曝されて、ほんとみっともないったら……」

母は半分笑いながら、わたしのほうを見てそうつぶやいた。

わたしも笑いがこみ上げてきて、母と一緒に声を上げて笑った。

「さあ、私たちも寝よう。そうだ、杏。八月の二子玉川の花火大会に昴さん誘ってみたらどう？」

「え、そんないきなり……」

「いいじゃないの。誘うだけ誘ってみたら。為せば成るよ」

「……うん、考えとく」

わたしはさっきのハンカチの句をもじって、〈きつかけは花火に誘ふだけのこと〉と、心のなかでつぶやいて、昴さんの横顔を思い浮かべた。

第五章　八月・夜店の燃えさうな

七月のいるか句会でのわたしの成績は全然振るわなかった。

結局、〈あの人の横顔遠し明易し〉の句は推敲もできず、思い切ってそのまま出してみたけど、鮎彦先生にも昴さんにも選んでもらえなかった。

落ち込んだわたしは句会が終わると、すぐに帰ろうとしたが、みんなに呼び止められて、二次会でパーッとやろう！　と誘われた。

それでも気の乗らないわたしを見た昴さんは、

「そんな日もありますよ。ぼくもきょう、自信のあった句が全然取られなかったから、一杯飲みたいなあと思ってます。一緒に行きましょう」

と声をかけてくれた。

わたしは内心すごく浮き立ちながらも、落ち込んだふりをして二次会に参加することにした。

やだなあ、素直じゃなくてかわいげないわたしって……そうウジウジ思いながら駅近くの居酒屋に足を運んだのだった。

みんなはわたしの句が一句も選ばれなかったことに気を遣ってくれて、慰めたり励ましたりしてくれた。うれしかったけど、それがよけいにわたしを卑屈にさせるところもあった。そんな態度をとっていたのは、わたしの席から離れた場所で飲んでいた昴さんが、すみれさんやエリカさんと楽しそうに話していたのも原因だった。わたしの近くには梅天さんと鵙仁さん。母は鮎彦先生を完全にマークしている。

やがて、みんないい具合に酔いはじめ、だいぶ場がくだけてきたころ、自由に席の移動がはじまった。わたしは動く気になれなかったけど、昴さんのほうから自分のグラスを持って席を移動してきてくれた。

「気分は晴れましたか？」

と、わたしの隣に腰を下ろした昴さんは優しく声をかけてくれた。

わたしは急に今までの態度をひっくり返して、

「はい！　ちょっと元気になってきました」

と、笑顔で返すことができた。

いつの間にか、梅天さんも鵙仁さんも席を移動していて、二人きりとはいわないまでも昴さんと落ち着いて話せる状態になっていた。

昴さんがわたしの隣に来てくれた！　なんてわたしってわかりやすい性格なんだろうと自

分でもあきれるくらい心の霧が一瞬にして晴れていった。

「自分の句が選ばれなかったときって、ちょっとへこみますよね。でも、それを逆にバネにして、じゃあなんで選ばれなかったのかって、後で自分で見直してみるといいと思いますよ。そうすると、ひょっとしてここの表現がわかりにくかったのかなとか、季語がいけなかったのかなとか、自分なりに改善点が見えてくることがありますから」

「なるほど、家に帰ったら見直してみます。そうですよね、いちいち句会で選ばれなかったってだけで落ち込んでちゃダメですよね」

「ぼくはいつも杏さんの句、楽しみにしていますよ」

「えっ！　ほんとですか？　うれしいです。わたしも昴さんの俳句、好きです」

好きって言っちゃったよ、俳句だけど……なんかわたし、ドキドキしてきたな。

昴さんはハイボールを片手に、少し赤くなった顔で照れくさそうに「ありがとう」と言ってくれた。

「杏さんは皐月さんと一緒に俳句作ったりするんですか？」

「いえ、それがこのあいだ初めて母と一緒に作ろうかってなったんですけど、うまくいかなくて」

「うまくいかなかった？」

「別に喧嘩したわけじゃないんですけど、俳句はやっぱりお互い一人になって作ったほうが良さそうです。しかも、自分の句だけ見られて、母は恥ずかしいからってわたしに見せてくれないんですよ」

「なんか二人の様子が浮かんできますね」

昴さんはそう言って微笑んだ。

「皐月さんに見られた句ってどんな句だったんですか？」

「あ、それは……秘密です」

そんな言えるわけないよ、〈あの人の横顔遠し明易し〉なんて昴さんを眼の前にして。でも、遠い横顔が今、すぐそばに……。ほんとに遠いのかな、ひょっとしてそんなに遠くないのかな。そういえばこの前、「八月の二子玉川の花火大会に昴さん誘ってみたらどう？」ってお母さん言ってたっけ。そんな簡単に言うけど、どうやって誘えばいいんだろう。花火、花火、花火、花火、花火……。

「杏さん、ごめんなさい。ただ訊いてみただけですから」

「いえ、違うんです。そんなんじゃなくて、その……」

わたしは、梅サワーを慌てて飲み干した。

「何か頼みますか？」

「あ、じゃあ、同じもので」

昴さんが呼び出しボタンを押して店員さんに注文してくれた。

「あの〜、昴さん。花火って季語になってますか？」

わあ、わたし、遠回しに攻めるなあ。そんなの季語になってるに決まってるじゃん。でも、これが今のわたしの精いっぱいだよ。むしろ、よく言った！

「夏の季語ですね。歳時記、見てみますか」

昴さんはカバンから歳時記を取り出すと、花火のページを開いてくれた。

「でも、花火の解説を読むと、昔は秋の季語だったようですね。お盆の行事の一環だったんですね。杏さん、花火好きなんですか？」

「はい。毎年、家族と二子玉川の花火大会に行くんですよ。そういえば、もうすぐ花火の季節だなあと思って」

「そうなんですね。ぼくはしばらく花火大会に行ってないなあ」

今じゃん！　誘うなら！　勝手に一人鼻息が荒くなる。

「梅サワーのお客さま〜」

「あ、こっちです」

昴さんが素早く受け取って、わたしに渡してくれた。

わたしは昴さんにお礼を言いながら、なんちゅうタイミングで、梅サワー運んでくんのよっ！　と、無実の店員さんを横目でにらんだ。

いや、ここでひるんではいけない。まだ、花火ネタで引っ張るべし！

「花火の句ってどんなのがあるんですか？」

「そうですね。けっこう例句ありますね」

そう言って、昴さんはわたしにも見えるように歳時記を開いてくれた。

「花火っていっても、いろいろな種類が季語になっているんですね。打揚花火から線香花火まで。ねずみ花火もある。手花火っていうのは？」

「手に持ってする花火のことですね。庭花火は庭でする花火。俳句で使う言葉や季語って縮めた言い方が多いですよね。ぼくは、この句なんか好きだなあ。〈まなうらに今の花火のしたたれり　草間時彦〉、これこそ花火大会で見る大きな花火じゃないですかね。花火が開いて、その光が散ってしたたってゆくのを眼の奥のほうで感じている。余韻の美しい句ですね」

「美しいですね。昴さんの解釈で、この句の光景が広がってきました。わたしは、〈暗く暑く大群集と花火待つ　西東三鬼〉が、花火大会のあの雰囲気をすごくとらえてるなあと思います。打ち上がる花火をいまかいまかと待っている群集の熱気が伝わってくる感じがわかるなあって」

「〈暗く暑く〉の上五が六音で字余りの句なんですね。でも、その字余りが人ごみの蒸し蒸しした様子をよく表していますね。二子玉川の花火大会もこんな感じですか？」

「かなりの人出ですよ。でも、川原だから開放感がありますね」

「川面にも花火が映って綺麗だろうなあ」

「綺麗ですよ」

よしっ、今だよ、わたし行け！

「あ、あの〜、よかったら、一緒に見に行きませんか？」

言っちゃったよ、わああ、知らない、知らないよ……。

わたしは梅サワーのグラスを鷲づかみにして、緊張を流し込むようにひとくちゴクリと飲んだ。

「行きましょうか」

「えっ？　ほんとですか？」

思わず足をバタバタしそうになる。喜んだときのわたしの悪い癖だ。

「杏さんの話を聞いていて、久しぶりに花火が見たくなりました。でもさっき、いつも家族と見に行くって言ってましたよね？」

「あ、今回は大丈夫です。別行動しますから」

別行動って、なんだよ。まあ、いいか。めんどくさいけど、お母さんにはこの成り行きを報告しないとね。お父さんにも……、わあ、ほんとめんどくさいぞ、この報告義務は。

その後のわたしのテンションは上がりっぱなしであったことは言うまでもない。自然な流れで昴さんと、携帯電話の番号とメールアドレスを交換できるなんて！　こんな展開になるとは夢にも思わなかったなあ。自分の句が一句も選ばれなかったから、みんなが慰め、昴さんも励ましてくれた。今回の句会に関しては、選ばれなくてほんとうに良かったんだ！　でないと、この展開はなかったかもしれないもんね。

二次会の帰りの電車のなかで母にはこの成り行きを早速報告しておいた。

「あんたにしては上出来ね」

「お母さんの花火大会に誘ってみたらっていう言葉、思い出したんだよ。お父さんには適当に言っといてくれる？」

「わかったわよ。たぶん父さん、穏やかでないねって言うんだろうね。で、日傘の句については昴さんに訊いてみたの？」

「それは、まだ……」

「そっか、花火大会の日に第二関門突破しないとね。じゃあ、久しぶりに今回の花火大会は、父さんと二人きりね。デート気分になるかどうかわかんないけどね。杏は杏で、楽しみなさいよ」

「お母さん」

「何？」

「きょうのお母さんのビールの句良かったね。わたし、清記用紙であの句を見たとき、すぐにお母さんの句だってわかったから、あえて選ばなかったんだよ」

「梅天さんの一点だけだったね」

「〈ビール飲む夫の優しき語りかな〉、夫と書いて古語で〈つま〉って読むんだね。初めて知ったよ」

「ちょっと、やめなさい。電車で恥ずかしい……」

母は小声で言い、急に顔を赤らめた。

母と一緒に俳句を作った夜のお父さんのことだろう。おばあちゃんが漬けていたという三十年ものの梅酒の話。あの話を聞いて、お母さんは即興でこの句を作ったんだな。そりゃ、娘にその場で見せるには恥ずかしすぎる句かもしれない。あの晩、かたくなに見せるの拒否したもんね。たしかに亡くなったおばあちゃんのことを思い出して語るお父さんは優しかったなあ。この句ってお父さんへのさりげないラブレターじゃん。いや、ラブハイクか？

「帰ったら、お父さんにこの句、教えていい？」

「バカっ。ぜったい内緒に決まってるでしょ。何が〈優しき語りかな〉だよ、とか言うに決まってるじゃないの」

駅に着いて母と一緒に歩きながら、句会で誰にも選んでもらえなかった〈あの人の横顔遠し明易し〉の句が急に愛おしくなって、わたしは電信柱のはるか向こうに輝く夏の星を見上げた。

花火大会の日がやってきた。

今年初めての浴衣を母の手を借りて着てみた。

昴さんに見てもらいたいのはもちろんだけど、花火大会に浴衣を着るのは華やいだ気持ちになって心が弾んだ。

そういえば、浴衣って夏の季語なんだよね。歳時記に載っていた、〈少し派手いやこのくらゐ初浴衣　草間時彦〉がお気に入り。浴衣を選んで着るときの気持ちがよく出ているなと思う。心の声をそのまま一句にしたみたい。わたしのこの浴衣も派手じゃないかな。でも、色鮮やかな朝顔があしらってあるから、昴さんにも見てもらいたいし。うん、これで行こう！

毎年、たくさんの人出がある二子玉川の花火大会は十九時からスタートするので、昴さんとはその一時間前に二子玉川駅近くの書店で待ち合わせた。

駅の改札周辺や会場だととても人が多すぎて、待ち合わせなどできないと思ったからだ。

案の定、二子玉川駅周辺から多摩川に向かって、人でごった返しているようだった。待ち合わせた書店も、いつもより人が多いように思える。

待ち合わせは、俳句の本が置いてある詩歌コーナーと決めていたので、すぐに昴さんとは落ち合えた。昴さんのほうが先に来てくれていた。

「すみません、お待たせしてしまって」

「いえ、さっき来たところです。杏さん、浴衣似合いますね。朝顔柄ですね」

「ありがとうございます。せっかくだから」

「朝顔って、秋の季語だって知ってましたか?」

「え、そうなんですか? 知らなかったです。てっきり夏だと思ってました。小学生のときも夏に鉢植えの朝顔を育てたような……」

「そうですよね。でも、歳時記では晩夏から秋にかけて咲く花として秋の季語になっているんです。それから、朝顔の別名は牽牛花《けんぎゅうか》って言うんですよ。七夕の牽牛と織女の伝説のあの牽牛です」

「そうなんですね。そういえば、朝顔って星のかたちに似ているかも」

わたしは朝顔にそんな別名があるなんて知らなかったので、なんだか急に顔が上気するのを感じた。一年に一度、牽牛星と織女星が出逢うというあの切ない物語。そして、きょうは昴さんとの初めての待ち合わせ……。

「杏さんの浴衣の朝顔を見て、好きな句を思い出しました。〈朝顔にしばし胡蝶の光り哉《かな》　其《き》角《かく》〉、其角は江戸時代の俳人だけど、可憐な句ですよね」

「コチョウって？」

「蝶々のことですよ。朝顔に蝶々が寄ってきてしばらくの間、蜜でも吸っていたのかな。それを〈光り〉と捉えたところが美しいですよね。杏さんの浴衣の朝顔にも胡蝶が寄ってくるかもしれませんね」

昴さんはそう言うと、ちょっと照れくさそうに笑った。

「じゃあ、行きましょうか」

「はい。会場まで少し歩きますよ」

昴さんもきょうはキャスケットをかぶり、シックなシャツを合わせて、大人っぽい雰囲気。いつにも増してカッコいい。やっぱり年上の人なんだな、と思ってドキドキしてしまった。

二人肩を並べて、会場の多摩川の河川敷のほうに人ごみをぬってゆっくり歩いていった。

多摩川を見渡せるところまで来るのにも、混み合って時間がかかった。

夕闇の迫る河川敷には数え切れない人たちがぎっしりとそれぞれ敷きものの上に座ったり、

至るところに腰を下ろして花火が打ち上がるのを待っていた。

色とりどりの屋台も横並びにひしめいている。

河川敷に下りると、人とぶつかりながらも、なんとか二人座れるスペースを見つけた。わたしは母に言われて、二人が座れる敷きものを持ってきていたので、それを芝生の上に敷いた。

昴さんは「ありがとう」と言って、カバンを下ろし、

「杏さん、お腹はすいてませんか？」

と、優しく訊いてくれた。

「ちょっと何か食べたいですね」

「じゃあ、そこの屋台で何か買ってきますよ。焼きそば？　焼き鳥？」

「どちらでも」

「じゃあ、両方。ビールでいいですか？」

「はい。すみません」

昴さんは人ごみをかき分けて、屋台のほうに消えていった。

昴さんが帰ってきたころには、もう打ち上げ十分前だった。

「いやあ、それにしてもすごい人ですね。久しぶりだなあ、こんな大勢で見る花火大会は。なんかワクワクしてきますね。〈暗く暑く大群集と花火待つ〉ですね」

「ほんとにその旬のまんまですね」

「さあ、とりあえず乾杯しますか」

缶ビールを昴さんから手渡してもらうと、乾杯の声を合わせた。

いつもは家族で訪れる花火大会に今、昴さんと一緒に来ているなんて、ちょっと不思議な気分だった。毎年決まって、母が気合いを入れてお弁当を作っていたので、ここで屋台のものを食べるのはきょうが初めてだったけど、昴さんが買ってきてくれた焼きそばも焼き鳥も美味しかった。

今ごろ、この河川敷のどこかでお母さんとお父さんも、お弁当食べてるのかな。わたしは、なんだかんだ言いながら仲のいい夫婦を思い浮かべた。

会場にアナウンスが入った。花火のカウントダウン・コールがはじまる。

昴さんと声を合わせて、5、4、3と数えながら、胸が高鳴ってゆく。

スタート！　と同時に、次々に花火が舞い上がり夜空に弾けていった。

河川敷やその周辺に集まった何万という人たちが、一斉に夜空を見上げ、大きな歓声を解き放った。

わたしも昴さんも、その歓声の渦のなかで声を上げて拍手をした。

「すごいですね！」

昴さんが周りの人声や花火の音に負けないように大きな声を出した。

「すご～い！　これから一万発以上揚がりますよ」

「一万発ですか！　そりゃ、すごいや。あ、あれ朝顔の花のかたちしてましたね。あれも、あれも。きょうの浴衣にぴったりですね」

「ありがとうございます。綺麗、ほんとに」

二人は缶ビールを片手に、夜空の煌《きら》めきに向かって声を上げた。

咲き乱れる花火とともに、あっという間に時間は過ぎてゆく。

多摩川の上空を彩る花火は、次々に揚がっては消えていった。

牡丹の花や菊の花、しだれ柳のような花火が七色に輝いて散ってゆく。

もうそろそろグランドフィナーレと呼ばれる最後のステージに入ろうとしていた。

そのとき、「花火大会の日に第二関門突破しないとね」というあの夜の母の声が脳裏に蘇ってきた。

第二関門突破……日傘の句の真相を昴さんに訊くという関門。

六月の句会で昴さんが出した〈照れ笑ひ隠す日傘の白さかな〉の日傘を差している人とはいったい誰なのか？　わたしにとってはすごく重要な問題だ。この日傘の人が誰かで、きょうの花火大会が楽しい思い出になるのか、むなしい思い出になるのかが決まるといってもいい。でも、この花火大会に一緒に来てくれた時点で、日傘の人は昴さんの彼女ではないんじゃないかと勝手な想像もしてしまう。希望的観測なのか、わたしの考えは甘いのか……突然、花火の美しさから自分一人だけ遠ざかっていくような気持ちになった。

「いよいよ、グランドフィナーレですね！」

昴さんはそんなわたしの気も知らないで、花火に夢中になっている。

わたしは缶ビールの残りを飲み干し、

「最後は百連発と空中ナイアガラですよ」

と、気を取り直して夜空を仰いだ。

やがて、ラフマニノフの荘厳な音楽が流れ出すと、八号玉百連発といわれるフィナーレを飾る花火が矢継ぎ早に揚がりはじめた。

最初は大輪の花火がゆらゆらと揚がってゆき、それが連続で咲き誇っていった。そうして、花火の音が腹の底を震わすように、どんどんめまぐるしく火花が夜空を染めていった。

息を呑むとはこのことで、わたしは胸躍るというよりも胸が締めつけられるような幻想的な花火の群れに飲み込まれていった。

最後の最後の乱れ打ちでは、まさにナイアガラの滝が突然現れたような白銀の眩《まぶ》しさに自然とわたしも昴さんも驚きの声を上げて、「すごい！　すごい！」と光り輝く夜空へ讃辞を贈り続けた。

閉会のアナウンスが流れはじめても、わたしたちはしばらく動かずに「すごかったですね」とか「綺麗だったね」とか言い合って静かになった夜空をときどき仰いでいた。

「昴さん、この前の句会で日傘の句出しましたよね？」

わたしはまだ胸のなかの花火の光の余韻が消えないうちに、そう切り出していた。

「ああ、〈照れ笑ひ隠す日傘の白さかな〉ですね。たしか、杏さんも選んでくれましたね」

「その〜、日傘の人っていうのは……」

「ああ、ぼくのおばあちゃんですよ」

「え？　昴さんのおばあさま？」

「おばあさまっていうほど、高貴な人じゃないけどね」

昴さんは、きょとんとした声を出したわたしのほうを向いて笑った。

「このあいだ、おばあちゃんにおじいちゃんとの馴れ初めを訊いたんですよ。そしたら、すごく照れちゃってなかなか答えてくれないんです。何度訊いても話をはぐらかされてね。そのうち、買い物でも行こうかねって言って、普段、夏の暑い日中に買い物なんか行かないのに、日傘を持って外に出て行くんですよ。ぼくはもう訊かないからって言って止めたんだけど、どうしても行くって言うんで、しょうがないからぼくも買い物に付いていったんです。

日傘を差しながらもまだ照れてね。かわいいでしょ？」

「うん、かわいいですね。すごいロマンチックな馴れ初めなんじゃないですか。よけいに訊きたくなりますね」

「そうなんですよね。また、そのうち訊いてみようかな」

そう言った昴さんと一緒にわたしは笑い合った。

うわあ、すんごい取り越し苦労だったなあ。まさかのおばあちゃんだったとは。これは、でも訊いてみないとわかんない謎だよね。俳句の省略の恐ろしさを感じるわ。なんだろう、この脱力したようなホッとした感じは。よかった、ほんとによかったよ、昴さんの彼女じゃなくて。正直、照れ笑いを日傘で隠すような上品そうな彼女には絶対負けると思ってたからね～。これで気分めっちゃ晴れた！

「そろそろ、ぼくらも行きましょうか」

「はい」

また、行きと同じように二人肩を並べて歩いていった。

「あ、そうだ。二子玉川駅からはとても電車乗れないと思います、混雑で」

「じゃあ、隣の用賀駅までゆっくり歩きますか。杏さん、歩けますか？」

「大丈夫です」

「屋台はまだやってるんですね。まだ、花火の余韻に浸って川原でビール飲んだりするんでしょうね」

昴さんは歩きながら、屋台を眺めていた。

「〈帰したくなくて夜店の燃えさうな〉」

「え？」

昴さんの口から出た言葉に思わずドキッとした。

「このあいだネットで偶然見つけた句です。千野帽子という人の句で、いいなあと思ってね。夜店が夏の季語なんですよ。でも、きょうは暦では立秋過ぎてますから、もう秋なんですね」

〈帰したくなくて夜店の燃えさうな〉

昴さんは屋台の灯を眩しそうに眺めてから、わたしのほうを見て微笑んだ。

わたしは今、昴さんから聞いたばかりのこの句を心のなかで何度かつぶやいてみた。

この花火大会の思い出とともに、一生忘れない一句のような気がした。

それと同時に、昴さんの気持ちがこの句のようであってほしい、と思っている自分の思いにも気がついた。わたしの胸にもこの句のような美しく激しい火が新たに灯ったように思えた。

第六章　九月・言葉放すこと

九月の兼題は「秋の海」、そして秋の季語ならなんでも使っていいという自由題。歳時記では、春の海、夏の海、秋の海、冬の海と「海」は四季を通して季語になっている、なんて知ったようなことを言っちゃったけど、わたしも俳句をはじめるまで、そんなことは全く知らなかった。そう言われてみると、季節ごとに海の表情も違うなあと思う。

夏の海は一番賑やかなだけに、秋になった海は海水浴をする人もいなくなって寂しい感じがする。きょうもまた、句会でどんな句が出てくるのか楽しみで仕方ない。

会場のK庭園の庭には、ひとかたまりの芒《すすき》が風に揺れていた。

「〈をりとりてはらりとおもきすすきかな〉、か」

梅天さんも会場の窓から見える芒を見ていたのだろう。ぽつんと一句つぶやいた。

「飯田蛇笏《だこつ》の名句ですね」

昴さんも窓の外の芒に眼を遣りながら、梅天さんに応えた。

「ほんまに名句やな。一本の芒をここまで詩的に、しかも明確に読み手に伝える句はないんちゃうかっちゅうくらい。全部ひらがな表記にしてあるのは、まさに一本の芒の柔らかさを表してるし、〈はらりとおもき〉っちゅうのが、またうまいやないか。〈はらり〉っちゅう軽さと〈おもき〉との言葉の組み合わせが見事に一本の芒の質感っちゅうんかな、そんなしなやかな芒の本質を十七音で教えてくれる。うん、ほんま見事な句や」

わたしも梅天さんの鑑賞に耳を傾けながら、しばらく芒を見つめていた。そして、昴さんの横顔に眼を移すと、昴さんもこちらを振り向き、見つめ合うかたちになった。

昴さんが微笑んでくれる。わたしも照れながら微笑み返す。

昴さんとは二子玉川の花火大会に一緒に行って以来、メールも交わすようになっていた。今は、昴さんとメールを交わすだけで楽しかった。でも、電話では一度も話したことがない。何度か昴さんの声を聞きたいなと思ったけど、番号は押せなかった。電話するってこんなに勇気いったっけ？……わたしは昴さんへの思いがどんどんふくらんでいることに気づいて、昴さんのことを考えると胸が高鳴ったり妙に不安になったりした。

きょうは花火大会以来、初めて逢うのでドキドキしている。

今は、二十分の〈選句〉の時間と休憩時間だ。

もうだいたいみんな、最終の五句に絞り込んだようでリラックスしていた。土鳩さんがきょうはお休みで、スタッフはお菓子大臣の千梅さんだけだけど、すでにお菓子を配ってくれて、これからはじまる〈披講〉〈選評〉という句会のメインイベントに備えて、それぞれ糖分を補給している。

きょうのお菓子は「三種の実」といって、秋限定の小さなお餅だった。芋、栗、柿餡の三つの味が楽しめて、みんな大満足のようだった。おまけにエリカさんからの差し入れで、お手製の栗の渋皮煮が添えられたので、みんな大喜びすると同時に、エリカさんの派手な外見からか、そんな手の込んだものを作るとは誰も思ってもみなかったようで驚いた顔になった。しかも、この渋皮煮、めちゃくちゃ美味しい！　わたしもエリカさんを見る眼が変わってしまった。

「エリカさん、全くもって美味しいです。絶妙な甘さ加減であります」

鵙仁さんが美味さのあまり今にもヒャヒヒャヒ笑い出しそうだった。

「ほんまやなあ、エリカはん、こんなもん作れるんやなあ。見直したで」

梅天さんも心から驚いているようだった。

「エリカさん、きょうは差し入れありがとうございます。ほんとうに美味しい。どこかで習ったのですか？」

鮎彦先生も感心して、エリカさんに尋ねた。

「そんな大げさなことじゃないですけど～、母が得意にしていたんで、教えてもらったんですよ～。栗の皮を剝《む》くのがちょっとたいへんなだけで、誰でも作れますよ～」

「そやけど、エリカの栗を剝く姿がどうも想像できんなぁ」

梅天さんがちょっかいを出しにかかる。

「梅天さんに想像してもらわなくても、別に〜って感じだし、逆に想像してほしくないかも〜」

「はあ、そうでっか。まあ、ほんま美味いことは確かや。エリカはん、まだ瓶に残ってる栗、もう一個だけええやろ」

「梅天さんにはあげまへん〜。よかったら、鮎彦先生、お持ち帰りくださ〜い」

「ありがとうございます。お言葉に甘えて頂いていきます」

「先生、栗も秋の季語じゃないですか〜。歳時記見てたら、すごく好きな句が見つかったんですよ。〈栗を剝き独りの刻《とき》を養《やしな》へり　野澤節子〉っていう句なんですけど〜。ほんと栗をひたすら剝いているときって、こんな感じなんですよね〜。独りの大切な時間って感じで〜」

「なるほど。いい句ですね。栗を剝きながら、何かを考えたり思い出したりしてるんでしょうね。無心に栗を剝く時間のなかでも、いろいろと思うことってあるでしょうね」

「そうなんですよ〜。ほんとにこの句の通りで〜」

「あの〜、先生。あと一個だけその栗いただけませんやろか？」

「あきまへん〜。わてのもんだす」

鮎彦先生がおどけて、いきなりコテコテの関西弁を話したのでみんなが笑った。

「さて、皆さん、〈選句〉のほうは終えられましたか。大丈夫そうですね。では、〈披講〉をはじめたいと思います。ああ、梅天さん、あとで栗は差し上げますから、そんなにすねないでくださいね。はい、梅天さんからどうぞ」

鮎彦先生の言葉で、少年のようにすねていた梅天さんの顔がぱっと明るくなった。栗一つですねるじいさんって……まあ、ちょっとかわいいかも。エリカさんもくすくす笑っている。

「森之内梅天選。

3番、秋の蚊と一騎打ちして敗れたり」

「鴫仁」

「5番、秋蝶やだからさういふことにして」

「エリカで〜す」

「6番、箱の桃二列に香り立ちにけり」

「鮎彦」

「9番、竜胆《りんどう》を抱へて走るタキシード」

「鴫仁」

「特選2番、秋の海話すは言葉放すこと」

「エリカで〜す」

「以上、梅天選でした」

とりあえず、梅天さんの選には入らなかったと……。まあ、もう何回かダメな日があったから、そんなに落ち込む必要もないよね。めげるな、わたし！

「奥泉エリカ選で〜す。

5番、星月夜見渡す限りあいこでしよ」

「鵙仁」

「6番、箱の桃二列に香り立ちにけり」

「鮎彦」

「8番、銭湯を出て夕風や渡り鳥」

「梅天」

「9番、秋の波逢ひたき人の声聞こゆ」

「杏です！」

よしっ！　エリカさん、サンキュー。佳作ゲット。

「特選3番、バス停のよく知る他人秋の暮」

「昴」

「以上、エリカ選でした〜」

バス停の句、昴さんの句だったんだ！　わたし、選んでるよ。これで昴さんもわたしの句、選んでくれてたらうれしいのになあ。お互い選び合うと、なんか両思いみたいに思えるんだよね。心が通い合ったというか。

「鈴木鵙仁選です。

3番、バス停のよく知る他人秋の暮」

「昴」

「5番、のりしろのただまつすぐに秋の海」

「すみれです」

「7番、スキャットの溶けゆく秋の静寂《しじま》かな」

「梅天」

「8番、朝の手を静かにとめて小鳥かな」

「皐月」

やっと、母の句も出てきた。隣でふぅ〜という母の安堵のため息が聞こえてきたので肘でつつくと、ニヤリと笑い返してくる。

「特選2番、秋の海話すは言葉放すこと」

「エリカで〜す」

「以上、鵙仁選でした」

エリカさんの秋の海の句、人気だなあ。次はお母さんの〈披講〉だけど、いつものように鮎彦先生の句を狙って〈選句〉しているに違いない。妙に外さない女の勘っていうか、執念の〈選句〉っていうか、なんだかすごいんだよね。今回はどうかな。

「桜木皐月選。

6番、箱の桃二列に香り立ちにけり」

「鮎彦」

い、いきなり選んじゃったよ、この人。やっぱ、すんごい執念。

「同じく6番、言の葉を心にためし暮秋《ぼしゅう》かな」

「すみれです」

「7番、達郎の流れて釣瓶《つるべ》落しかな」

「鵙仁」

「8番、秋風とともに面影立ちにけり」

「鮎彦」

キタッ！　二句目の先生の句。母のどこに鮎彦センサーが隠されているのか。

「特選3番、バス停のよく知る他人秋の暮」

「昴」

「以上、皐月選でした」

う〜む、やるな、お母さん。鮎彦先生の二句を見事に狙い撃ちして、昴さんの句を特選に選ぶとは。あ、次はわたしの番だ。

「桜木杏選。

2番、小鳥来るポップコーンの列にゐる」

「すみれです」

「3番、バス停のよく知る他人秋の暮」

「昴」

「6番、言の葉を心にためし暮秋かな」

「すみれです」

「9番、竜胆を抱へて走るタキシード」

「鵙仁」

「特選2番、秋の海話すは言葉放すこと」

「エリカで〜す」

「以上、杏選でした」

相変わらず〈披講〉はちょっと緊張するけど、無事に終わってよかった。さて、次は昴さんの選。わたしの句、選んでくれてるかな。

「連城昴選。

5番、のりしろのただまつすぐに秋の海」

「すみれです」

「6番、箱の桃二列に香り立ちにけり」

「鮎彦」

「8番、朝の手を静かにとめて小鳥かな」

「皐月」

「9番、竜胆を抱へて走るタキシード」

「鵙仁」

「特選2番、秋の海話すは言葉放すこと」

「エリカで〜す」

「以上、昴選でした」

あ～あ、昴さんとは両思いになれずか……。わたしの句はスルーだよ。なんか句会だけのことなのに落ち込むなあ。まだまだ、俳句の腕を磨かないとやっぱダメってことかなあ……。


「川本すみれ選です。

2番、秋の海話すは言葉放すこと」

「エリカで～す」

「5番、秋蝶やだからさういふことにして」

「エリカで～す」

「同じく5番、星月夜見渡す限りあいこでしょ」

「鵙仁」

「8番、朝の手を静かにとめて小鳥かな」

「皐月」

「特選3番、バス停のよく知る他人秋の暮」

「昴」

「以上、すみれ選でした」

いやあ、でもすごいなあ。昴さんのバス停の句とエリカさんの秋の海の句が特選を独占してる！

「廣田千梅選です。

　2番、秋の海話すは言葉放すこと」

「エリカで～す」

「3番、バス停のよく知る他人秋の暮」

「昴」

「6番、言の葉を心にためし暮秋かな」

「すみれです」

「9番、竜胆を抱へて走るタキシード」

「鵙仁」

「特選5番、星月夜見渡す限りあいこでしよ」

「鵙仁」

「以上、千梅選でした」

　さて、待ってましたとばかりにみんな背筋を伸ばしたりお茶をひと口飲んだりして、鮎彦先生の〈披講〉に備えて耳を集中しようとしているのがわかる。

「本宮鮎彦選です。いつものように佳作、秀逸、特選と選びました。佳作から〈披講〉します。

佳作2番、小鳥来るポップコーンの列にゐる」

「すみれです」

「5番、のりしろのただまつすぐに秋の海」

「すみれです」

「同じく5番、星月夜見渡す限りあいこでしよ」

「鵙仁」

「8番、朝の手を静かにとめて小鳥かな」

「皐月！」

ああ、母と鮎彦先生は両思い……。でも、ほんとに句会でだけね。家に帰れば、あのビールっ腹の疲れたサラリーマンが待っているんだから。でも、ちょっと羨ましいなあ。無駄に元気のいい〈名乗り〉の声のでかさが娘としてはいつも恥ずかしいけど。

「9番、蜻蛉《とんぼう》や戦地に向かふ友の背の」

「千梅です」

「秀逸です。2番、秋の海話すは言葉放すこと」

「エリカで〜す」

「では、最後に特選一句。3番、バス停のよく知る他人秋の暮」

「昴」

「以上、鮎彦選でした」

みんなのため息が一斉にもれる。

蓋を開けてみれば、昴さんのバス停の句とエリカさんの秋の海の句が人気を二分する結果になった。

「いやあ、きょうは二人にやられましたな。昴祭にエリカ祭や。わしらみんなでこの二人の御輿《みこし》を一生懸命担いだようなもんやないか。これだけやられたら、悔しいちゅう感情もあんまり湧かんもんやなあ」

梅天さんがなんだか晴れやかな笑顔で二人に笑いかけている。

エリカさんはウィンクで返し、昴さんは少し恥ずかしそうにしている。

「先生、こんなこともあるんですね。昴さんもエリカさんも、きょうは二次会のお酒美味しいわね」

母は、鮎彦先生の二句を狙い撃ちして選び、自分の句も先生に選ばれているのできっと上機嫌なのだろう。二人を無闇に讃えているように見える。

「皐月さん、まだお酒は早いと申しましょうか。これから〈選評〉がございますから。梅天さんのおっしゃるように、きょうは昴祭にエリカ祭ですから、この勢いでドンドコドンドコと〈選評〉に突入でありますね」

ドンドコドンドコって……。まあ、だいぶ免疫はついてきたけど、鵙仁さんの奇妙な言い回しとあの変な笑い方には、まだこちらも訓練が必要だ。

「きょうはなかなか面白い結果になりましたね。では、梅天さんから特選の評をいただけますか」

鮎彦先生が梅天さんを早速指名して、〈選評〉がはじまった。

「わしの特選は、〈秋の海話すは言葉放すこと〉です。きょうはほんまにエリカにしてやられた。渋皮煮でも驚かされて、句にも驚かされたんやさかいな。この句はやっぱり、〈話すは言葉放すこと〉がうまいですな。当たり前のことを言うてるようで、なかなかこんなふうには表現できん。なにより秋の海の季語が効いてるねんな、この句」

「私も特選にいただいたんでありますが、梅天さんのおっしゃるように、秋の海が効いていると思います。話すということは、言葉を放すことでありまして、つまり言葉を解放してあげることでもあります。このような状態になる場面としましては、心が素直になりやすい一種のシチュエーションでもある海を見ながらのカンバセーションというのが妥当であるかと思うのであります」

鵙仁さんの硬い表現ながらもなかなか当を得ている評に、わたしもつい頷いてしまった。

「杏さんも特選ですね」

わっ、どうしよう……鮎彦先生に急に話を振られてしまった。

「あ、はい。その、なんというか言い回しがうまいというか。〈話すは言葉放すこと〉、って同じ〈はなす〉っていう音なのに、違った漢字を使って、そのへんのなんか工夫というか、そこに一本！　って感じで。すみません、うまく言えなくて」

「ぼくも特選なんですが、ぼくも杏さんの評と同じように、〈はなす〉という音のリフレインに惹かれました。ただのリフレインではなくて、〈話す〉ことの本質を突いた〈言葉放すこと〉という措辞に、すごく納得させられたのです。梅天さんや鵙仁さんのおっしゃったように、秋の海の季語もその納得する材料になっていると思います。秋の海の風景があってこその〈話すは言葉放すこと〉なんじゃないかと思いました」

さすが、昴さん！　わたしのこと、フォローしてくれてありがとう！

「なるほど。僕も秀逸で選びました。確かに今回の兼題でもあった秋の海がよく効いている一句ですよね。〈海〉は春夏秋冬、季語になっていますから、たとえば〈夏の海話すは言葉放すこと〉としたら、杏さん、どうでしょうか？」

鮎彦先生が容赦なくさらに話を振ってくる。

「えっと、ちょっと合わないように思います。夏の海だったら、太陽の光が強いし騒がしい感じがあるから、その〜、話すにも大きな声で話しているイメージがあるから、合わないというか」

「そうやなあ、鮎彦先生みたいに季語を置き換えてみたらよけいに、ああ、やっぱりこの句は秋の海でないとあかんちゅうのがようわかる。杏ちゃんの言うように、夏の海やと大きな声ちゅうか、元気に話してる感じがどうしても出てくる。そやけど、〈話すは言葉放すこと〉はなんか静かな雰囲気があるんやなあ。そやから秋の海が合うんとちゃうやろか。逆にいえば、秋の海が上五にきてるから、静かな雰囲気になるともいえるんやけど」

梅天さんもいいことを言う。

「冬の海では寒すぎますし、春の海だとのんびりしすぎている感じになってしまう。秋の海だと小さな声、静かな声でも透き通って聞こえると思いますね。〈秋澄む〉という季語もありますが、まさしく音もよく響く季節です。解き放たれた言葉は、澄んだ秋の海に吸い込まれてゆくようですね」

鮎彦先生がそう言ったあと、

「〈話すは言葉放すこと〉じゃなくて、〈話すは言葉放つこと〉としたら、急に強い響きになりますね」

この句を佳作に選んでいるすみれさんが面白いことを言った。

「ほんとうですね。言葉一つで変わるものですね、俳句って」

母もなんだか感心している。

「そうですね。〈放つ〉にすると、強すぎますね。この句は一語一語緊密につながっていますから、どこも動かせない。それだけ、エリカさんのこの句は隙がないと思います」

「先生、ありがとうございます～」

エリカさんがペコリと頭を下げると、女のわたしでも胸元が眩しく見えた。きょうもキラキラした胸元のきわどく開いた服を着て、シャネルのイヤリングがぶらぶら揺れて光っている。

「そやけど、エリカはんは秋の浜辺で何を話しとったんやろ？　渋皮煮といい、この句といい、きょうは妙にしっとりしとるやないか」

「そう～？　ふだん、しっとりしてないみたいに聞こえるけど～」

「しっとりしてまっか？　この派手な恰好で」

ヒャヒヒャヒヒャヒと鵙仁さんが笑い出す。

「ほんと失礼なじいさんね～。シングルマザーで、夜は銀座で働いて、毎月句会にも出て、これでも一生懸命生きてるんだから～」

へぇ～、エリカさんってお子さんいるんだ。夜の銀座で働いているのは納得だけど、子どもがいるようには見えないよ、若いなあ。エリカさんが頼もしく見えてきた。

「そやな、エリカは一生懸命生きてる」

梅天さんが急に手のひらを返す。

「でしょう～。あたしも秋の海で物思いにふけることあるんだから～」

〈話すは言葉放すこと〉っちゅうのは、エリカの心の声でもあるわけやな」

「じいさん、わかってんじゃ～ん」

「俳句も栗の渋皮煮もきょうは完璧やったな」

「梅天さんのお世辞、なんか怖～ぃ。でも、うれしいから来年は梅天さんの分の渋皮煮、ひと墁作ってあげようかな～」

「そりゃ、ごっつぁんです！　楽しみやな」

二人の契約が成立したところで、鮎彦先生が次の〈選評〉に進めてゆく。

「さあ、きょうの句会で人気を二分したもう一句、〈バス停のよく知る他人秋の暮〉、に触れたいと思いますが、まずこの句を特選にしたすみれさんからお願いします」

「はい。〈よく知る他人〉という言い方に尽きると思います。同じ時間帯にバス停でよく一緒になるんだけど、お互いのことは何も知らない他人。これはだいたいの人が経験しているんじゃないでしょうか。こんな日常のよくあることをこんなふうに一句にできるなんて。この句を見たとき、やられたって感じでした」

「私もやられましたわ。なぜか、人が生きてゆく寂しさのようなものをこの句に感じました。それは秋の暮という季語のせいでしょうか」

母がしおらしく、鮎彦先生のほうを見やる。

「そうですね。僕も特選にしましたが、皐月さんのおっしゃるように、秋の暮という季語によって、寂しさがより増しましたね。『枕草子』にも〈秋は夕暮〉とあるように、もののあわれが極まった趣が季語の本意としてあります。芭蕉の〈此道や行く人なしに秋の暮〉にも色濃く孤独が表れていますね。和歌の時代から詠まれてきた秋の暮に、バス停の様子を取り合わすことで現代の秋の暮の寂寥感が滲み出ました。〈よく知る他人〉とは顔は知っているけれども、何者かわからない、心のなかが見えない、そんな現代人の特質が表れているようにも思えます。田舎のバス停というより、都会のバス停という感じがしますね。エリカさんも特選ですね？」

「あたしも都会のバス停が浮かんできました〜。近所に住んでるんだけど、全然お付き合いのない感じがありますよね〜」

「昴さん、作者の弁としていかがですか？」

「もう皆さんにおっしゃっていただいた通りです。家から最寄り駅までバスに十分ほど乗るので、そのときに思ったことをそのまま一句にしました。秋の朝じゃ、ちょっと当たり前というか、通勤してますという説明になってしまう気がしたので、いろいろ季語を考えたあげく、秋の暮にしました」

「秋の朝だとちょっと明るすぎますね。やはり、秋の暮がいいですね。千梅さんはこの二句も選んでいますが、特選は、〈星月夜見渡す限りあいこでしょ〉、でした。この句も面白い句ですね。いかがですか？」

「〈見渡す限りあいこでしょ〉っていう表現がいいなと思いました。だいたい物事に勝ち負けなんかなくて、あいこなんだという捉え方に納得させられたという感じです」

「星月夜という季語も大らかで、あいこの気分に合っているように思いますね。よく皆さん間違えるんですけど、星月夜は月夜ではなくて、星の輝きで月夜のように明るくて美しいという意味なんです。ですから、星月夜は満天の星であって、その一つひとつの星の光も、見渡す限りあいこという解釈もできる。確かに星の輝きに勝ち負けはないですよね。それぞれ自由で競うことなく輝いている。人間が一等星だ、二等星だと見かけの明るさによって勝手に等級をつけているだけですよね。〈見渡す限りあいこでしょ〉からはそんな自然の普遍性を軽いタッチで言い表した機知も感じられます。作者の鴫仁さん、いかがですか？」

「はい、先生のおっしゃる通りでございます。付け足すことは何もございません」

うれしさを堪えているのか、ヒャヒヒャヒとしゃっくりのように喉の奥から奇妙な音が小さくもれている。これが先生の特選ならば、以前の句会で蝸牛男の句で特選を取ったときのように、ヒャヒヒャヒは爆発していたのだろう。

「これで皆さんが選んだ特選にはすべて触れましたね。他に、この句のことを訊いてみたいとか、質問とかあれば何でもおっしゃってください」

「たしか、皐月さんが選んでいた句で、〈達郎の流れて釣瓶落しかな〉、という鳴仁さんの句がありましたな。あれはどういう意味なんやろ？　いろいろ考えたんやけど、どないしてもわからんかったんで」

梅天さんが質問した。

「私、選びましたけど、達郎って山下達郎のことでしょ？　達郎の曲を聴いているのは窓辺でしょうか。その窓辺から釣瓶落し、要するに秋の落日を見ているような句だと思いました。私は達郎の曲が大好きなもので、名曲の『蒼氓《そうぼう》』が流れているイメージだったんです。だからこの句にとても惹かれました」

「そうか、山下達郎か」

「梅天さん、山下達郎知ってるの〜？」

エリカさんがいたずらっぽく問いかける。

「当たり前や。あの、あれやろ。クリスマスの時期になったら、よう流れてる曲あるやないか」

「『クリスマス・イブ』、ね～」

「そう、それそれ。そやけど、この句は皐月さんが山下達郎のファンやったさかい、すぐに達郎でわかったかもしれんけど、ちょっとわかりづらい句やで。達郎ちゅう人が単に川かなんかで流されてるんちゃうかなと思ったさかいな。誰か助けて～ちゅうて」

梅天さんの溺れる小芝居にみんなが笑った。

「確かにわかりづらい句であります。失敗作と申しましょうか」

「いやいや、失敗作とは言わんけど、推敲の余地ありやなっちゅう」

「鵙仁さん、なかなか俳句で人名を活かすのは難しい作り方だと思います。山下達郎で俳句になるかなというところもありますね。たとえば、クラシックのバッハやモーツァルトであるとか、ゴッホやピカソなどの絵画の巨匠であるとか、古典となっているものは俳句にしたとき、しっくりと落ち着いて収まる場合がありますが、今の流行《はや》りすたりの時事的なことを川柳にならないように俳句にするには技量がいりますから、気をつけてくださいね。ただ、山下達郎で一句作ろうとしたチャレンジはいいと思います。それでは、他にありませんか？」

「〈言の葉を心にためし暮秋かな〉、という句が好きでした」

わたしは思い切って、作者のすみれさんのほうを見て言ってみる。

「ありがとうございます。落葉のように言葉が心に溜まってゆくイメージで作ってみました。エリカさんの句の、〈話すは言葉放すこと〉、みたいに解き放って話せたらいいんだけど、なかなかはき出せなくて心にどんどん溜まっていってしまう言葉が自分のなかで多いなと。ちょっと抽象的な言い方しかできないけど」

「わたしもそんな感じかなと思って、静かな秋の暮を感じて選びました」

「杏、暮秋は秋の暮とは違うわよ」

母の突然の割り込みにギクリとなる。

「え？　違うの？」

「きちんと歳時記引いてごらんなさい。〈秋の暮〉は秋の夕方のこと、〈暮の秋〉は秋の末のことなのよ。〈暮秋〉は〈暮の秋〉の傍題だから、すみれさんの句は秋の終わりのころを詠んでることになるわね」

「わあ、間違えました！　すみれさん、ごめんなさい……」

「杏さん、気にしないで。私も俳句をはじめたとき、間違えてたから。ややこしいよね、この季語は」

「あたしもず～っと間違えてた時期あったよ～」

すみれさんもエリカさんも優しい。救われるなあ。でも、ちゃんといちいち歳時記で調べないとダメってことがわかったよ。〈秋の暮〉〈暮の秋〉、ただ言葉の順序が違うだけじゃなくて意味も違ってくるんだから、日本語って繊細っていうのがよくわかる。季語、やっぱり深すぎる。

「先生の、〈箱の桃二列に香り立ちにけり〉についてうかがってもよろしいでしょうか」

今度は昴さんの質問。

「私も選んだ句です。ちょっとひと言いいかしら」

出たっ！　出しゃばり皐月！

「この句は、箱の桃というところにとても惹かれました。いかにも高級な桃で、二列に美しく並んだ桃から香気が立ちのぼってくるような。桃の箱を開けた瞬間って感じの句かしら」

「そうそう、わしも取ったんやけど、まさにその通りの風景ちゅうか、香りがこの句から立ち上がってきましたな。しかし、二列ちゅうのは、そうとうええ桃ちゃいますか？　先生」

「僕の知り合いで桃農家の方がいましてね、桃の収穫時期になるとよく送ってくださるんですよ。そのとき、皐月さんがおっしゃったように、特に開けた瞬間がほんとうにいい香りがするんですよね。もちろん香りだけではなくて、とても美味しい桃なので毎年楽しみにしているんです」

「先生らしい〈けり〉でんな〜。ひと筋の香りがすうと立ちのぼってくる雰囲気がこの切字の〈けり〉でほんまに伝わってきますわ」

「梅天さん、そんなに褒めても何も出てきませんよ」

「先生、それ出せまっしゃろ？」

「あ、栗か」

鴫仁さんがヒャヒヒャヒ笑い出し、みんなもつられるように笑い出す。

鮎彦先生も笑いながら、梅天さんに渋皮煮の入った壜を手渡した。

「はい、どうぞ」

「どんだけ、じいさん、栗好きなの〜。来年、糖尿になるくら〜い、でっかい壜に入れてもってきてあげるね〜」

「アホ。糖尿になるまで食うかいな。わしを殺す気ぃか」

「栗食うて梅天天に召されけり　エリカ」

「どアホ！　なんちゅう句作るねん。先生、こんな句作るエリカなんぞは破門でっせ」

「先生〜、いまの句どうですか〜」

か句会は。


「もちろん、特選！」

みんなが爆笑する。鴡仁さんが笑いすぎて、ヒャヒヒャヒが濁ってビャヒビャヒ笑っている。わたしも笑いすぎてお腹が痛い。ほんとに面白い変な人たちが集まったもんだな、いるか句会は。


「さて、お後がよろしいようで。もうすぐ五時になりますから句会は一度お開きにしましょう。この続きは二次会で。あ、それから次の句会は吟行になりますから、皆さん、ぜひご参加くださいね。三島・沼津の日帰り吟行です。天気が良ければ富士山も見られますよ。では、ありがとうございました」

鮎彦先生の締めの言葉のあと、椅子が片づけられてゆく。

会場を出ると、自然と昴さんと一緒に歩いていた。

わたしの前を歩く母や梅天さんやエリカさんや鴡仁さんは何かわいわい話している。すみれさんは用事があるようで、先に帰ってしまった。鮎彦先生と千梅さんはわたしたちの後ろをゆっくりと歩いているようだ。

「昴さん、花火大会、ありがとうございました」

「こちらこそ。楽しかったですね」

そこで急にあの日、昴さんがつぶやいた〈帰したくなくて夜店の燃えさうな〉という句を思い出して、胸がいっぱいになってしまい、慌てて話題を変えてしまった。

「……あの、さっき先生が言っていたギンコウって何ですか？」

「吟行は俳句を作るために出かけることですよ。今回は三島・沼津をいろいろ歩いて句を作るみたいですね」

「その場で作るんですか？」

「その場で思いつけば作ればいいし、いろいろ見て回ったあと、句会場に行って作句の時間も少しあるから、そこで作ってもいいですよ。今すぐここで作ってくださいっていうのはないですから大丈夫です」

「句会もその日にするんですか？」

「その日見たもの、感じたものを句にして、その日に句会します。みんなで同じところに行っているのに、見ているものや感じていることがそれぞれ違っていたんだっていうのが、俳句を見るとわかるんですよ。それが吟行の一つの醍醐味かな。もちろん、その日にしか出会えない風景や人や物事を一句にするのも吟行の面白いところですね。まあ、ぼくが説明するよりも一度参加してみると面白さがわかりますよ。ぼくも行く予定だから、杏さんも行きましょう」

「はい！　行きたいです。母も誘ってみます。それから……」

なかった。

「ん？」

「また、メールしてもいいですか？」

「もちろん」

昴さんは明日早くクライアントのところに行かないといけないらしく、二次会には参加しなかった。

駅前でわたしは昴さんに手を振って別れると、母と一緒に二次会に参加することにした。

句会ではエリカさんに、〈秋の波逢ひたき人の声聞こゆ〉の一句を選んでもらっただけで、他の句は箸にも棒にもかからなかった。さっき、昴さんに「それから……」のあと、ほんとうに言いかけたことは、〈秋めいて歩幅も深くこの人と〉っていう句を句会に出したんだけど、この句のどこがダメなんですか、と昴さんに訊こうとしたのだった。でも、〈この人〉である昴さんにそんなことは怖くて訊けなかった。

きょうはエリカさんの〈秋の海話すは言葉放すこと〉の句に勇気をもらったような気がする。わたしも昴さんに話して、この胸にある言葉を放してあげなければいけない。でないと、いつまでも苦しいから。自分の気持ちに素直になりたいと思った。

居酒屋に入る前に空を仰ぐと、ビルの上で月が白々と自分の居場所を探しているように見えた。

第七章　十月・愛鷹が露払ひして

三島・沼津吟行の日は快晴だった。

朝九時に沼津駅南口に集合したのは、いつものいるか句会のメンバー。スタッフの土鳩さん、千梅さんはお休みながら、誰一人欠けることがなかったということは、みんなこの吟行をほんとうに楽しみにしていたのだろう。

いつもの句会と違って、みんなの服装がカジュアルで歩きやすい恰好をしている。なんとなく浮き浮きした気分が溢れるなか、きょうの吟行を案内してくれる地元に住む方が駆けつけてくれた。なんでもこのお二人はご夫婦で、ご主人のほうが、鴨仁さんの後輩にあたるそうだ。美男美女の優しそうなご夫婦の佇《たたず》まいが眩しく見える。

「きょう、いろいろとご案内してくださる月野夫妻であります。私が勤める銀行の三島支店に、ご主人のほうの月野圭一君が三年前に配属になりまして、私とは渋谷支店でしばらく肩を並べて一緒に働いたことがきっかけで、以来親しくお付き合いさせていただいております。私の四年後輩になる圭一君は、何かと気の利く男であり、三島・沼津近辺に詳しいこともありまして本日の吟行を相談したところ、快くご案内を引き受けてくれました。今回巡る行程、句会場の手配、二次会のお店などなど、すべてにおいてこのご夫婦が考えてくださり、プランを立ててくれました。きょうは、奥様の雅子さんにもお付き合いいただき誠に恐縮でございます。皆さま、何卒このお二人をよろしくお願い申し上げます」

駅前でとても律儀な紹介をする鴫仁さんに、月野夫妻は丁寧に頭を下げると、いるか句会のメンバーにも「至らないところがあるかと思いますが、きょうはよろしくお願いします」とご挨拶してくれた。

「きょうはお忙しいなか、ほんとうにありがとうございます。鴫仁さんと月野さんご夫妻のご厚意に甘えるかたちになりましたが、とても楽しみにして参りました。いるか句会のメンバーそれぞれ、いい句ができればと思います。よろしくお願いします」

鮎彦先生がみんなを代表して挨拶を終えると、早速一行は路線バスに乗り込み、最初の目的地である沼津御用邸記念公園に向かった。

「ほんま快晴やな。暑いくらいやで」

梅天さんが窓から青空を見ながら言った。

「でも、電車の窓から富士山見えるかな〜って思ったけど、雲がかかってて見えなかったんだよね〜」

エリカさんの残念そうな声に、

「そのうち、晴れますわよ。きっと見えますわ」

と、母が明るく応えた。

「世界遺産に登録されてから、私ちゃんと富士山見てないかもしれません」

すみれさんの声もどこか弾んでいる。

「そういえば、私も世界の至宝となった富士山をまだ拝んでおりませんです。きょうの日に多大なる期待を致しましょう」

鴫仁さんの言った「世界の至宝」という言葉に、月野夫妻が顔を見合わせてくすりと笑った。鴫仁さんの不思議な言い回しに慣れていて楽しんでいる笑いのようだった。

十五分ほどバスに揺られると、御用邸記念公園に到着した。

いるか句会一行が、西附属邸正門前に集まると鮎彦先生から吟行の心構えが伝えられた。

「僕なりの吟行の心構えですが、訪れた場所をよく観て耳を傾けてください。季語を見つけて体感することも大事ですね。秋空の下、植物や動物など、いろんな秋の季語があると思いますが、それらに眼を留めて感じてみてください。もちろん、季語だけでなく、人や物を観察してみることも大切です。とにかくいろいろなことに好奇心をもって接すると、思わぬ一句が授かるかもしれませんよ。自分の五感を敏感に働かせて面白がりましょう。その場で五七五のかたちにならなくてもいいですから、思い浮かんだ言葉やフレーズがあったら、メモしておくと後で作るときにヒントになります。句会前には、作句の時間を取りますのでそれまでに材料を集めてくださいね。きょうは兼題はなしで、最低でも三句提出、最大五句までにしましょうか。月野ご夫妻は、俳句のほうは？」

「初めてです。一句でもできればと思いますが……」

　圭一さんが頭を掻きながら応え、雅子さんも遠慮している様子。

「そうですね、もしできれば一句でもお作りになって句会に参加されるといっそう楽しいと思いますよ。では、御用邸のほうをご案内いただけますか」

「はい。私たち夫婦もきょうのために改めて、吟行地のことを少し勉強しました。プロの添乗員のようにはいきませんが、ご案内できればと思います。この沼津御用邸は明治二十六年に、当時はまだ皇太子殿下《でんか》であった大正天皇の別邸として建てられました。皇室の方が避暑や避寒のために用いる御用邸ですが、ここは昭和四十四年に廃止されました。沼津大空襲にも遭いましたが、明治、大正、昭和と三代にわたり、七十七年間使用されました。廃止された翌年に記念公園として開設、現在に至ります。きょうは主に西附属邸を観覧したいと思います。西附属邸は、当時皇孫《こうそん》殿下であった昭和天皇の御用邸として設けられました。では、受付を済ませてからは自由に見学してください。そうですね、十時半ごろにまたこの正門前に集合ということでよろしいですか」

「はーい」、と一行は返事をして受付に向かった。

受付を済ませると、年齢も服装もばらばらなこの不思議な一団は、いわゆる御車寄《みくるまよせ》といわれるところを歩いて、邸宅の入口に向かっていった。

わたしは隣を歩く昴さんに、

「ソテツがすごく立派ですね」

と話しかけた。

「そうですね。海の近くという感じがしますね」

昴さんは秋の日に眩しそうに眼を細めていた。少しまだ眠そうな昴さんが、なんだかちょっとかわいく思えた。

「こりゃ、ごっついお宅でんなあ」

邸宅に入ると、梅天さんが驚きの声を上げた。

みんなもそれぞれ感心しながら、廊下を歩きだした。廊下の窓から見える庭もまた美しい。明治の梁《はり》が残されたところもある各部屋は用途に分かれて、気品に満ちた調度品で整えられていた。

御座所《ござしょ》、謁見所《えっけんじょ》、女官室《にょかんしつ》、御《お》食堂、たくさんあるどの部屋を観てもため息の出る素晴らしい設《しつら》えに、この一行も興味深そうに視線をあちこちに向けていた。

俳句手帖とペンを手に持つ人や、携帯電話のメモ機能に何やら打ち込んでいる人もいた。鮎彦先生も意外にも携帯電話を片手にメモをしているようだ。

わたしも携帯電話を持って、何か一句にできるものはないか探していた。でも、あれこれいろんなものを見れば見るほど、何を一句にすればいいのかわからなくなってくる。鮎彦先生が言っていたように、とにかくその場で一句にならなくても、一句にできたらいいなという材料を断片的にメモしていくことにした。わたしのレベルでは、まだまだとてもその場で一句できた！　ってわけにはいかない。

でも、こうやって知らない土地に来て、目新しいものに触れながら俳句を考えるのは悪くない。というか、けっこう面白いと思った。たぶん、ただの観光で来ていたら、すごいね〜って言って、通り過ぎるだけだと思うけど、見たものや感じたものを俳句にしようとして真剣に見て回ると、自分の眼でよく観察しようという気持ちになる。何か自分なりの発見はないかなと好奇心がむくむく湧いてくる感じっていうか。

御用邸はよく風が通るので清々しくて気持ちがいいな。この風は海が近くだから海風だよね、季語でいうと「秋風」ってことか。そういえば、「爽やか」も秋の季語なんだよね。ほんとにきょうは爽やかな日だなあ。

「杏、どう？　俳句考えてる？」

母が後ろから声をかけてきた。

「考えてるけど、全然できてない」

「そう。別に焦らないでいいから、よく見ておきなさい。あとで作るとき、役に立つから。あんた、昴さんと一緒に回らないの？」

「吟行でずっと、べたべたそばにいるのも変じゃん……」

「あっ、そう。まあ、いいけど」

そう言って、母は小走りに前を行く鮎彦先生のほうに向かっていった。

御用邸の廊下に似合わない足取りで、「先生、お足がお速いこと〜」とうれしそうに声を上げている。

ああ、あのがめつさがわたしにもほしいよ、ほんと。

集合時間に正門前に集まった一行は、月野夫妻の案内で御用邸のすぐそばにある海岸に向かった。

御用邸の敷地内を抜けて、階段を登りきると、急に視界が開けて秋の日に輝く海が広がった。その光景に、みんなは「おお〜っ！」と歓声を上げた。

「駿河湾と千本松原です。あの遠くに見える山は牛臥山《うしぶせやま》です。ほら、牛が臥せっている恰好に見えるでしょう。では、あの堤防のあたりに腰を下ろしましょうか」

圭一さんがそう言って、雅子さんと一緒に先頭を歩いてゆく。

海はきらきらしていた。こんな穏やかな海は久しぶりだなと思いながら眺めていると、いつしか隣に鮎彦先生がいて、

「どうですか、杏さん。俳句できましたか？」

と、声をかけてくれた。

「いえ、まだ一句もできていないです。詠みたいことはいくつか見つかったんですが」

「そうですか。杏さんにとっては初めての吟行ですからね。楽しむことも大事ですよ」

「はい。先生、あの〜」

「何ですか？」

「スランプのときって、どうすればいいんですか？　最近、わたしの句、句会でもほとんど選ばれなくて……。どうしたらいいのかなって」

「僕も初心者のころ、悩んだ時期がありましたね。なんで、自分の句が選ばれないのかって。でも、そのときは悩んだけど、とにかく作り続けました。作り続ける以外にスランプを脱出する方法はないと思いましたから。これは俳句だけのことじゃないと思いますが、見切りを付けるのはいつでもできるし、止めてしまうのは簡単です。でも、続けることは意外に難しい。続けるという意志を持ち続けることがまず大事なことなんだと思います。物事はその

時々で、必ずといっていいほど壁が現れるものです。どんなに俳句がうまくなった人でも、そのレベルに応じた壁が現れるのです。創作するということは、その時々の壁に背を向けるんじゃなくて、なんとか乗り越えてゆこうとすることじゃないのかな。杏さんの壁は、最初の壁ですね。大丈夫です、ゆっくり乗り越えればいいですよ」

「はい。ありがとうございます！」

わたしは鮎彦先生の話を聞きながら、高校二年のときの部活での出来事を思い出していた。卓球部員だったわたしは、自分にしては真剣に取り組んでいたのだけど、練習試合のとき無理な体勢でラリーの球を拾いに飛び込んでしまい、左足のアキレス腱を切ってしまったのだ。その瞬間、ブチッと鈍い音が鳴った気がした。激痛が走ってそのまま病院行き。完治するのに半年以上もかかってしまった。卓球少女・愛ちゃんに憧れてはじめた卓球だったけど、そのケガが大きく響いて、全国大会はおろか、県大会すら不本意な結果ばかりになってしまった。わたしにとって、初めての大きな挫折だったかもしれない。でも、そのケガを乗り越えようと、あのころはわたしなりに一生懸命頑張った。足がダメになった間は、腕やスナップだけでもとダンベルを持って鍛えたりした。

あのときに比べると、いま俳句がうまく作れない、句会で自分の句が選ばれないっていうのは、ほんとうにスランプなんだろうか。そんなに俳句を作るのに努力しているだろうか。

そう考えるとスランプでもなんでもないように思えた。努力もしないで、ただ愚痴を言っているようなものだ。

毎日の練習はもちろん、朝練にも明けくれた卓球くらい、俳句に打ち込もうとしていないのはあきらかだった。もう少し、卓球の練習で汗を流したように、俳句でも努力の汗を流さないとダメだなと思った。そう思うと、鮎彦先生にスランプだと言ったことが急に恥ずかしくなってきた。

よし！　もっと努力して俳句を続けよう。わたしは密かにそう決心して、堤防に腰を下ろすと、駿河湾の波音に耳を澄ました。

かもめが海風に乗って気持ちよさそうに舞っている。

そうすると、どこからかハーモニカの音が流れてきた。振り向くと、梅天さんが沖のほうを見ながら、ハーモニカを吹いていた。すごく優しい音色だ。

昴さんが浜辺に一人しゃがんでいた。よく見ると、猫が仰向けになって、昴さんの差し出す手にじゃれているようだ。昴さん、猫が好きなんだ。猫と戯れている昴さんって、なんかかわいい。きょうは眠そうな顔といい、猫と遊ぶ姿といい、昴さんのかわいい一面が見られたなあ。それだけでわたしの胸はキュンキュン鳴り出しそうだった。

見渡してみると、みんな思い思いに俳句を考えているのか、海の煌めきに視線を投げかけていた。

　エリカさんがそばに来て、

「昴さんとはうまくいってるの〜？」

　と話しかけてきた。

「えっ？　昴さんとはまだ……。っていうか、なんで」

「なんでって〜、見ればわかるよ〜。句会のみ〜んな、なんとなく杏ちゃんの気持ちわかってるんじゃないのかな〜」

　そっか、そんなにわたしってわかりやすい態度とってたんだ……。わあ、恥ずかしい。でも、好きだから仕方ないじゃん。いや、でも……。

「……そうですか。わたし、どうしたらいいですか？　エリカさん」

「どうしたらって、告白したらいいじゃ〜ん」

「そんな、できないですよ……」

「じゃあさ〜、バレンタインまで待てば〜。告白専用の日までさ〜」

「告白専用」

「でも、それまでに誰かに奪われても知らないよ〜っていうのは冗談だけどさ〜、それまでに昴さんとの距離詰めておかないとね〜」

「どうやって詰めればいいですか？」

「それはいろいろよ〜。頑張ってね〜。応援してるから〜。てか、あのじいさん、あんなにハーモニカうまかったんだね〜、知らなかったよ」

「あれ、何の曲ですかね？　聴いたことあるような」

「『浜辺の歌』でしょ〜、たぶん」

エリカさんはそう言うと、梅天さんのほうに歩いていった。

昴さんとの距離を詰める……、ここにも違う壁があったんだと気づいてしまう。ああ、どうしよう。バレンタインまであと約四ヶ月か。わたしはエリカさんの何気ないアドバイスを真剣に実行しようとしていた。わたしみたいな臆病者は告白専用の日を利用するしかないのかもしれない。でも、チョコを渡すのもけっこう勇気がいるんだよなあ。いやいや、いまは俳句を作らないと！　さっき俳句も頑張ろうって決めたばっかりじゃん。どうもわたしって雑念が多すぎるっていうか、集中力に欠けるっていうか……。

「さて、皆さんそろそろ三島に向かいましょうか。ここからバスに乗って沼津駅に戻ってから東海道線に乗って三島駅に向かいます。三島駅からは歩いて、三嶋大社に行く予定ですので」

わたしは、圭一さんの呼びかけに立ち上がろうとした。すると、傾斜のある堤防で足を滑らせてしまい、そのままごろんと砂浜の上に尻もちをついてしまった。

浜辺にいた昴さんが慌てて駆け寄ってきて、「大丈夫ですか？」と言って、わたしの手を取って優しく起こしてくれた。

わたしはとっさのことで気が動転して、「大丈夫です、大丈夫です」と言いながら、昴さんの手を強く握りかえして立ち上がった。ハッと思ったときには、その手は離れていて、昴さんはわたしのバッグの砂をはらってくれていた。

「ケガはないですか？」

「はい、大丈夫です、大丈夫です」

わたしはバカみたいに大丈夫ですを繰り返して、昴さんからバッグを受け取ると、「はあ、びっくりした〜」と昴さんのほうを見て、てへてへ笑っておどけてみせた。

「よかった、ケガがなくて」

「はい。ありがとうございました」

わたしは昴さんにお礼を言って、みんなのほうを見た。

いるか句会のメンバー全員がニヤニヤしている、ように見えた。

ほんとにみんなに気づかれているかも。わたしは恥ずかしくてわざと大股で元気よく歩いてみせた。

一行はこの穏やかな海から離れるのが名残惜しそうに、月野夫妻のあとをゆっくり歩きはじめた。

バスに乗り込んだ一行は途中、富士山が見えるという港大橋を渡ったが、狩野川《かのがわ》越しに見えるはずの富士山は雲のせいで現れてくれなかった。以前に車中からカメラで富士山を撮ったという雅子さんが、その写真をみんなに見せてくれた。わたしもその写真を見せてもらったが、写真で見るとますます本物の富士山を肉眼で見たいと思った。どうか、そのうち富士山が現れますように。

三島駅に着くと、駅前で売っていたみしまコロッケをみんなで買って、ぱくついた。じゃがいもがたっぷり入っていて美味しい。

三島駅からは桜川に沿って白滝《しらたき》公園に向かい、そこから三嶋大社まで水上《みずかみ》通りを歩いた。水上通りには三島の地にちなんだ多くの文学碑が建てられていて、足を止めては碑文を読んでいった。正岡子規、若山牧水、司馬遼太郎、太宰治、井上靖など、数多くの文人がこの三島を訪れ愛していたことがよくわかる。

「面白やどの橋からも秋の不二　正岡子規」

鵙仁さんが読み上げる。

「富士山見た〜い！」

エリカさんが富士山のある方向に向かって叫んだ。

「なあ、エリカはん。あんた、日頃の行い悪いんとちゃうか？」

また、梅天さんとエリカさんとの掛け合いがはじまりそうだ。

「失礼ね〜。誰かこのじいさん、桜川に蹴り倒してよ〜」

「それや！　そんなこと考えるあんたの性根が腐っとるさかい、富士山も顔出してくれへんのや」

「言ってる意味がわかんな〜い」

「わかるわい。なあ、すみれはん？」

「あの、言いにくいんですが……」

「なんや？」

「どっちもどっちかと……」

すみれさんの見事なアッパーカットが決まり、梅天さんもエリカさんも一瞬黙り込んでしまうと同時に、みんなが笑った。

美しい水の流れる桜川には藻の緑が光り、その川面をかわいらしい鴨が何羽もすいすいと滑っていた。

しばらく桜川に沿って歩いた一行は、やがて三嶋大社に辿り着いた。

石の鳥居の近くに集まった一行を前に、圭一さんが大社の説明をしてくれる。

「三嶋大社の創建ははっきりしませんが、古くから三島に鎮座して三嶋大明神として祀られてきました。東海随一と称される三嶋大社には、源 頼朝《みなもとのよりとも》が源氏再興のために百日祈願を行ったことでも知られています。そして、何といっても三嶋大社で忘れてはならないのが、千二百年を超える樹齢といわれる天然記念物の金木犀《きんもくせい》です。金木犀のなかでは日本一の大木でもあり、その花の香りは二里離れたところへも届くと伝えられています。正式の名は、薄黄木犀と言います。ちょうど、今の時期が花の盛りですので皆さん、その高貴な香りを楽しんでください」

圭一さんの説明に一行は、期待に胸をふくらませて鳥居をくぐり、境内に入っていった。

もうすでに金木犀の香りがする。

広々とした境内を歩いてゆくと、やがて金木犀にしてはとてつもない大きさの異様な枝振りをした古木が現れた。

「これは、すごい」

鮎彦先生が古木の前で佇んでつぶやいた。

みんなも古木の前に並んで、感嘆の声を上げた。

普通の金木犀に比べると、薄黄というだけあって香りも淡々としているようだった。花や枝や幹がみな低い声で語り出しそうな幽玄な雰囲気が漂う。

「千二百年の悠久を、花の香りを通して感じるってすごいわよね」

わたしのそばで母がぽかんとした声を出した。

「そうだよね」

わたしも花の優しい香りや古めかしい幹の肌になんともいえない敬虔な思いを抱いていた。

俳句を作ろうとしているみんなの手も一様に止まっている。

しばらく花の香りを古木の間近で味わったあと、一行は本殿に向かい、二礼二拍手一礼のお参りを済ませた。

最後に月野夫妻の案内で、参道沿いにある松尾芭蕉の句碑を訪ねた。

「どむみりとあふちや雨の花曇」

梅天さんが朗々と読み上げる。

「先生、この句の季語は何でありますか」

鵙仁さんが鮎彦先生に質問した。

「季語は〈あふち〉で夏の季語ですね。梅檀《せんだん》の花のことです。五月から六月にかけて淡い紫色の花を咲かせますね。〈どむみり〉は、どんよりと曇ったという意味で、雨の降るなか、どんよりと曇った梅檀の花の様子を詠んでいます。病に臥せっていた妻の〈すて〉を思って詠んだ句とも言われていますね。この句の栴檀の花の色は、芭蕉のそのときの心の色とも重なるんじゃないでしょうか」

一行は鮎彦先生の解説に頷いたあと、もう一度、金木犀の古木の前を通って、三嶋大社を後にした。


十分ほど歩くと、いるか句会一行はきょうの句会場である三島市民生涯学習センターに到着した。

月野夫妻が予約してくれた五階の会場にエレベーターで上がる。

五階のロビーは大きなガラス張りで、エレベーターから一番先に降りた梅天さんがガラスのほうに近寄っていくと突然、

「おおおっ！　富士山や！」

と叫んだ。

エレベーターから降りてきたメンバーが次々にガラスのほうに吸い寄せられてゆくと、

「わあ！」とか「おお！」とか「すごい！」とか、それぞれ感動の声を上げて、やがてしばらく黙って雲の晴れた富士山の姿に見惚れていた。

富士山の山肌は黒く、まだ雪は積もっていないようだ。

「みんな普段の行い、ええんやなあ」

梅天さんがしみじみつぶやくと、みんなが笑った。

「さっきはよくも〜、無実の罪をなすりつけたわね〜」

エリカさんが腕組みをして、梅天さんを横目でにらむ。

「いやあ、すまん、すまん。まあ、そう怒らんと、あの富士山見てみい。手前のビルがちょっと邪魔やけど、ようお姿見せてくれたわい」

「富士山の前にある山は、何という山ですか？」

すみれさんが圭一さんに質問する。

「あれは愛鷹山《あしたかやま》です。皆さん、きょうはほんとうに富士山が見えてよかったですね。予定より御用邸の滞在時間が少し長くなってしまったのですが、それがちょうどこの雲の切れた富士山にめぐり逢うタイミングに重なったんですね。富士山上空辺りの天気は刻一刻と移り変わっていきますから、見えるタイミングで見える場所に立てたというのは、ちょっとした奇跡ですよ」

一行は富士山を眺めたあと、和室の会場に入り句会前に昼食を食べた。

月野夫妻の計らいで用意してもらった、沼津名物の鯵を使った「港あじ鮨」は生ワサビまで付いていて素晴らしく美味しかった。

昼食後は一時間近く取って、句会に提出する句をそれぞれ作った。

吟行句会といっても、やることはいつもと変わらなかった。

まず無記名で短冊に句を書いて提出、みんなの句が書かれた短冊をシャッフルすると、手分けして清記用紙に句を書き写してゆく。清記用紙に番号を振って、すべての清記用紙をチェックして予選を終えたあとは、選句数を絞り込む。今回も最終五句選でそのうち一句を特選にするという方式で行った。

みんなの〈選句〉が終わると、自分の選んだ五句を読み上げる〈披講〉となった。メンバー一人ひとりが順に行ってゆく。句会が初めてだという月野夫妻も無事に〈披講〉を終えると、いよいよ最後の鮎彦先生の番になった。

「本宮鮎彦選です。僕は少し多く選びました。佳作、秀逸、特選の順で読み上げます。

佳作1番、秋燕《しゅうえん》の流造《ながれづくり》をすべり来る」

「エリカで〜す」

「3番、深空《みそら》より金木犀の香をたまふ」

「すみれです」

「5番、秋暑き蘇鉄《そてつ》のゆがむ硝子かな」

「鵙仁」

「6番、今昔の木犀の香の囁けり」

「杏です！」

ヤッター！　久しぶりに先生の選もらっちゃった！

「8番、秋蝶の破《や》れ帆のごとく吹かれけり」

「昴」

「秀逸です。2番、水澄みて光にとける祈りかな」

「梅天」

「5番、秋澄むや天子は鳥に囲まれて」

「皐月！」

う〜む、母強し。三島まで来ても鮎彦先生の秀逸をゲットするとは。その執念、ハンパない。

「最後に特選です。7番、愛鷹が露払ひして秋の富士」

「梅天」

「以上、鮎彦選でした」

鮎彦先生の秀逸と特選をものにした梅天さん、すごい！

梅天さんは澄ましてお茶などを飲んでいたが、「梅天さんの圧勝と言っても過言ではございませんね」という鵙仁さんのひと言に瞬時に反応して、

「そんなことありまへん」

と言いつつも、デレデレと喜びのこぼれた表情になって眼を細めた。

「では、〈選評〉に移りたいと思います。きょうは、皐月さんから特選についてお願いします」

「はい。私は先生の〈秋風や雁のかたちの釘隠し〉を特選にいただきました。御用邸でお作りになった句ですわね。実は、先生に秀逸に取っていただいた私の〈秋澄むや天子は鳥に囲まれて〉も同じところを見て詠んだ句ですの」

「そうですよね。僕もそうじゃないかなと思いました」

「ですよね～！　先生と詠みたいところが同じだったんだわ、なんて思いますと、なんだか私うれしくなりましたのよ。それで、やっぱり先生だわっと感心しましたのは、〈雁のかたち〉と具体的に表現なさっているところですわ。ちょうど、御用邸の明治の梁のあるお部屋に、釘隠しがありましたでしょ。梁や柱なんかに釘を打って、その釘が見えないように釘隠しという金具で覆っていましたけども、雁や千鳥のかたちをした釘隠しがございましたので、先生の作品もきっとそのことを詠まれたのかと思いまして。御用邸のなかは秋風も通ってい

ましたし、〈雁〉も秋の季語で秋に渡ってくる鳥ですわね。飛ぶことのできない〈雁のかたちの釘隠し〉と秋風との取り合わせも絶妙ですわ」

鮎彦先生に媚を売りながらも、母の〈選評〉はなかなかの説得力をもって伝わってきた。確かに御用邸に釘隠ししてあったなあ。でも、こうやって一句にしようとはわたしは思わなかった。同じところを見ているのに。

「皐月さん、ありがとうございます。同じようなところを詠んでいるので、ついでに僕が秀逸に選んだ皐月さんの〈秋澄むや天子は鳥に囲まれて〉の句に触れたいと思いますが、この句の面白い部分は、僕の句は釘隠しと写生的に見たままを詠んだのに対して、釘隠しを〈鳥〉と抽象化してとらえて詠んだところですね。そこが一つのポイントだと思います。〈天子〉は幼いころの昭和天皇のことですね。きょうの御用邸は清々しい空気に満ちていましたから、そこを〈秋澄む〉という季語で表しています。雁や千鳥の釘隠しに囲まれた部屋におられた天子のご様子が浮かび上がってくる句ですね。また、釘隠しの鳥というのはきょうの吟行で皆さんが見ているから共通認識としてわかりますが、きょうの吟行に来ていない人がこの句を読んだら、普通に鳥は鳥として解釈するでしょう。しかし、それでもこの句は充分鑑賞できるのです。きょうも御用邸の庭では鳥の声がしていましたけども、秋の大気が澄むなか、天子が御用邸の庭で鳥に囲まれていると読んでも美しい光景ですよね。同じ釘隠しを見ても、句を作る人の感性や詠み方の角度の違いで、趣の異なった句が生まれる。これが俳句の面白いところかもしれませんね」

「まさに！　先生のおっしゃる通りですわ」

何がまさに！　だよ。この人、調子に乗りすぎ。

「さて、次は鵙仁さん、お願いします」

「はい。私の特選は〈深空より金木犀の香をたまふ〉であります。三嶋大社の千二百年を超える樹齢の金木犀にはほんとうに感動しましたが、あの大木から放たれる香りは、まさに快晴の空から注いでいるような、〈深空より〉降ってくるような感じがしました。でもそれは、このように俳句にされてみて初めて気づいたことであります。すみれさんの眼の付けどころに思わず、技あり！　と心のなかで旗を揚げてしまいました」

「先生、わしもこの句を特選に選んだんやけど、なるほどの〜、上五の技ありは言われてみればそうやなあ。わしはとにかくあの金木犀に惚れてもうたさかい、それを一句にしようとしたんやけど、できんかった。それで、句会でこの句を見たとき、ああ、こんな句を作りたかったんやと悔しいやら羨ましいやらで、一発で特選に決めてしもうたんや。一句がほんまに悠然とした調べで、この句そのものがあの古木みたいで上品に香ってきそうな感じがしましたんや」

「なるほど。鴟仁さんも梅天さんも、あの金木犀とこの句に惚れ込んだ気持ちが〈選評〉で伝わってきましたよ。確かに、上五の〈深空より〉は技あり、ですね。もう一つ言えば、〈香をたまふ〉の〈たまふ〉という尊敬語が効いていますね。漢字で書くと〈給ふ〉もしくは〈賜ふ〉ですが、〈与ふ〉〈授く〉の尊敬語になります。千年以上生き抜いてきた金木犀に対して、敬意を表すように作者は、〈香をたまふ〉と表現したのです。あの古木を見ていると、私たちに香りをくださっているんだと思えるのも納得ですよね。古木に向かって何か手を合わせたい気持ちになります」

鮎彦先生はそう〈選評〉を付け加えた。

「作者のすみれさん、いかがですか？」

「とてもうれしいです。実は私、きょうが初めての吟行だったんですが、こういう楽しさがあるんですね。きょう、みんなで見て感じたものをきょうのうちに俳句にして共感し合う。そのことがすごく新鮮です」

「そうですね。みんな同じ金木犀を見ていますから、今みんなの頭のなかに浮かんでいるのは同じ金木犀なんですね。吟行句会は見たものや感じたものをその場にいた人たちで共有して読み合い、語り合うというなんともいえない臨場感と楽しさがありますよね。では、すみれさんの特選について、お願いします」

「私の特選は〈水澄みて光にとける祈りかな〉です。この句は桜川沿いにあった白滝観音堂を詠んだのかなと思いました。三島はひと言でいうと、〈清流の町〉という印象でした。桜川の綺麗な水を守るように建っていた観音堂も私にとっては印象的で、水、光、祈りの三つの言葉がきょうの吟行にピッタリで三島の土地を感じられた句でした」

「僕もこの句は秀逸で選んだのですが、三島には、すみれさんと同じような印象を僕も持ちました。富士山からの地下水がとても豊富で、それが惜しみなく町を流れているといった感じですよね。桜川の綺麗な水を守るように建っていた観音堂、僕もよく覚えています。三嶋大社も立派で良かったですが、こういう小さな観音堂も大切にする町はいいなと思いましたね。〈水澄む〉が秋の季語で、水や水に反射する光に人々の祈りがとけてゆくという非常に繊細な一句に魅力を感じました。切字の〈かな〉にも思いがこもっていますね。作者の梅天さん、いかがですか？」

「ありがとうございます。そうまで読み取っていただき何も言うことはありません。ほんまに水の綺麗な町でんな。湧き水が飲めるとこ、ありまっしゃろ。わし、ごくごく飲みましたで。うまい水やったなあ」

「東京でペットボトルの天然水買ってるけど〜、なんだかアホくさ〜って思っちゃうな〜、三島に来ると〜」

「ほんまやなあ。エリカはん、三島に引っ越したらええねん」

「それもありよね～。いつか、こんな綺麗な水の町に住んでもいいかも～」

喧嘩をしない梅天さんとエリカさんの会話もなかなかいい。

わたしも湧き水を飲んだけど、冷たくてほんと美味しかったなって思う。

「では、次は杏さん、特選について」

「あ、はい。わたしの特選は〈流れきて鴨つぎつぎと萩の下〉で、先生の句をいただきました。三嶋大社まで桜川に沿ってみんなで歩いたのが、すごく楽しくて、川にたくさんの鴨が浮かんで流れていた風景がかわいいなって思いました。鴨のことをわたしも一句にしたかったけど、できなくて……。吟行って自分が詠みたくても詠めなかったことを誰かが一句にしていると、すごいなあって惹かれるものですね」

「そうですね。そんな気持ちになりますよね。僕も鴨がかわいかったのでなんとか一句にできないかなと思って作ってみました。〈鴨〉は冬の季語ですが、この句では〈萩の花〉がメインの季語になりますね。鴨は秋に渡ってきて春に北の方に帰ってゆきますが、萩は秋にしか咲きませんね。ですから、この句は季語が二つある季重なりですが、主季語は〈萩の花〉になります。桜川のすぐそばに民家が軒を連ねていて、萩の花が川面の上にしだれていて綺麗でしたね」

「鴨と萩の花の取り合わせの句ですな。美しい日本画みたいや」

この句を佳作に選んでいた梅天さんが言った。

そっか、取り合わせって関連のない物を組み合わせることなんだな。あまりに自然な風景を詠んでいるので、わたしはそれには気づかなかった。

「それから、僕を含めた四人の特選に入った梅天さんの〈愛鷹が露払ひして秋の富士〉について触れましょうか。まず、昴さんから」

「はい。この句は先ほど、そこのロビーから見た富士山だと思うんですが、〈露払ひ〉という言葉がとてもしっくりきました。露払いを辞書で調べると、いくつかの意味がありましたが、〈貴人に先導して道を開くこと。また、その役〉という意味が当てはまるのかなと思いました。三島から見ると愛鷹山が富士山の手前にあるので、まるで愛鷹山が富士山を先導しているように眺められます。うまい表現だなと思いました」

「なるほど。圭一さん、いかがですか？」

「そうですね、なんと言ったらいいのか……。さっき姿を現してくれた富士山をこんなふうに一句にしてくださった梅天さんに感謝したい気持ちです。転勤でこちらに住むようになったのですが、だんだん三島が好きになってきたものですから、愛鷹山と富士山を讃えてくださってとてもうれしいですね」

「雅子さんは、いかがですか?」

「私も同感です。ほんとに一時間ばかり前にやっと雲が晴れて現れた富士山をこんなふうに一句に詠めるなんて、俳句をなさる人はすごいなあと思いました。すみません、こんなことしか言えなくて」

月野夫妻は感心した顔つきで、梅天さんに視線を投げかけている。

梅天さんは、「どうも」と低く言って、あごひげを撫でながら眼をつぶっていた。

冷静を装っているのは見え見えといった雰囲気だったが、まだ誰もちゃちゃを入れようとはしない。エリカさんも、様子を見ているようだ。

「月野夫妻も喜ばれたように、これは立派な挨拶句ですよね。愛鷹、富士山、と三島にゆかりある風光を詠み込むことでその土地に対する挨拶、またはその土地に住む人への挨拶となるのです。梅天さんはそういう挨拶の気持ちを込めつつ、さっきやっと晴れの姿を見せてくれた富士山を即興で詠まれたのでしょう。昴さんが言ったように、〈露払ひ〉がこの句の眼目ですね。愛鷹山が富士山に付き従うように、露払いをしていると擬人的にとらえたところが成功しました。下五の〈秋の富士〉で澄みわたった大きな富士の山容が立ち上がってくるようです。梅天さん、素晴らしい句ですね」

「先生、皆さん、ありがとうございます。エレベーターから一番先に降りて、富士山を見つけた甲斐がありましたわ」

梅天さんはそう言って、眼を開けると満面の笑みになった。

「まさに、先生がおっしゃられたように挨拶句ですわ。この句は、三島の地と月野ご夫妻に捧げます。案内してくれはる月野さんがおらんかったら、こんなええ吟行はできまへんでした。最後に富士山を見られたのも、ここの会場を押さえてくださったからです。ほんまに心から感謝していますう」

いつになく真面目な梅天さんの言葉のあとに、鵙仁さんが手を叩きはじめると、それに続いてみんなが月野夫妻に大きな拍手を贈った。

「月野ご夫妻は、ほんとうにきょうの大任を素晴らしく全うしてくださいました。私たち、いるか句会一団の先導として、まさしく露払いしてくださったことに不肖鵙仁、心より感謝申し上げるしだいです」

鵙仁さんの義理堅い感謝の言葉に月野夫妻は、「とんでもないです」と頭を下げた。

「不肖鵙仁ちゃ〜ん、露払い〜、うまく掛けた挨拶でしたね〜」

エリカさんのちゃちゃがすかさず入る。

「自分にしては、うまく使えたであります」

「しかし、不肖鵙仁ちゅうのは、えらい語呂がええなあ。これから、不肖鵙仁と呼ばせてもらうか」

梅天さんの言葉に、

「いや、それだけは勘弁していただけると不肖鴫仁、たいへん助かりますです」

鴫仁さんは困ったというように頭を掻いている。

「では、不肖鮎彦が選んだ他の佳作にも触れてからお開きにしましょうか」

鮎彦先生まで不肖と言い出したので、みんなが笑った。

「まず、〈秋燕の流造をすべり来る〉ですが、これは三嶋大社の建築様式である〈流造〉をうまく一句に詠み込みましたね。まさに流れるように反り返った社殿の緑の屋根が美しかったですね。それに沿うように秋の燕がこれも流れるように舞ってきた。〈流造〉と〈秋燕〉の取り合わせがとても美しくて、どちらも流線を描いているのです。作者はエリカさんでした」

「ありがとうございま〜す。燕はほんとは屋根のところには、飛んでこなかったんだけど〜、きょうは海辺でも燕を見たので取り合わせてみました〜」

「次に〈秋暑き蘇鉄のゆがむ硝子かな〉の句ですが、この句は沼津の御用邸で詠まれたものですね。広大な庭に蘇鉄がいくつもありましたし、なんと言っても〈ゆがむ硝子〉に趣がありました。季語は〈秋暑き〉で残暑のことですね。ほんとにきょうは汗ばむほどの陽気でした。作者は鵙仁さん」

「はい、ありがとうございます。御用邸は電灯の笠に菊の花の模様が描かれていたり、先ほどお話にも出ました釘隠しも非常に趣深いものでありましたが、ガラス戸にはめ込まれている硝子のなんとも美しくゆがんだありさまが一番、不肖鵙仁にとっては興味をそそられ、硝子越しに見た蘇鉄が非常に奥ゆかしく感銘したのであります」

「また、不肖鵙仁や。しまいに癖になってまうで」

梅天さんのツッコミに、鵙仁さんが苦笑いする。

「たしか、あの硝子はドイツの職人による手作りでしたね。鵙仁さん、いいところに眼をつけたと思いますよ。あのいかにも手作りらしい凹凸のあるゆがんだ硝子は温かい感じがあって往時を偲ばせるに充分でしたね。では、次は杏さんの〈今昔の木犀の香の囁けり〉に触れたいと思います。この句は、三嶋大社の金木犀ですね。そう言われてみれば、香りが囁いていたような息吹というか、雰囲気がありましたね。思い切って〈囁けり〉と擬人的表現にしたのが杏さんの感性ですね。今も昔もあの金木犀は無言の香りをもって、囁き続けてきたのでしょう。杏さん、いかがですか？」

「ありがとうございます！　すみれさんの〈深空より金木犀の香をたまふ〉には完璧に負けましたが、自分なりの句が詠めてよかったです」

「俳句は勝ち負けじゃないから〜、大丈夫よ〜」

エリカさんが優しく微笑んでくれる。

「いろんな詠み方があっていいと思います」

昴さんの底抜けに優しい笑顔がわたしに向けられる。

「そうだよ、杏さんの句は私の句とは詠んだ角度がまた違うから。私も杏さんのこの句いいなと思って選びました」

なんて優しいんだ、いるか句会！　わたしはお礼を言いながら、うれしくて思わず足をバタバタしそうになった。けれども、久しぶりに鮎彦先生に佳作に一句だけ選んでもらっただけなんだから、ここで満足しちゃいけない。目指すは鮎彦先生の特選だよ。きょう出した残りの四句は誰も選んでくれなかったんだから、まだまだスランプの状態。なんとかしなくっちゃね。

「さて、最後に〈秋蝶の破れ帆のごとく吹かれけり〉の句に触れます。この句はきょう、御用邸の近くの海岸で僕も見かけた蝶々を思い出しましたね」

「あ、そういえば飛んでいました」

すみれさんが思い出したという感じでつぶやいた。

「〈破れ帆のごとく〉と、秋の蝶の翅を表現したのがこの句の眼目です。まるで航海する帆船のように蝶々をとらえている。弱々しく行くあてもなく吹かれている感じが、まさに秋の蝶だなと思いました。こんななんでもないような蝶々の飛び様も、吟行の句としては大事にしたいですね」

「わたしも選びました！」

わたしはスランプ状態にもかかわらず、昴さんの句を選んだというれしさで調子づき、突然手を挙げて主張してしまった。ああ、わたしはやっぱり母・皐月の娘なんだ……。

「杏さん、どうして選んだんですか？」

「はい！　すっごくいい句だったからです！」

肘をついていたエリカさんがずっこけるようにその肘を滑らせ、梅天さんが飲みかけたお茶をこぼした。

「もうこの子は……」

母もあきれ顔だ。

「そのすっごくをちゃんと言葉にせんと〈選評〉になれへんがな」

梅天さんの言葉に、わたしは恥ずかしくてぺこぺこ頭を下げた。

「だそうです、昴さん。僕もいい句だと思いますが、作者として昴さん、どうですか？」

「ありがとうございます。先生のおっしゃるように海辺で見かけた蝶を詠みました。ぼくもすっごくうれしいです」

もう〜、昴さんまで！　わたしはもっと恥ずかしくなったけど、昴さんが頷きながら温和な眼差しでこちらを見て笑っているので、また違う意味で照れて恥ずかしくなってしまった。

「よっしゃ、これで先生の選んだ句の評は終わりでっしゃろ。そろそろ、不肖梅天、酒が飲みたいであります！」

鵙仁さんの口調を真似た梅天さんの言葉に月野夫妻は笑いながら、

「はい。そろそろ二次会の席に移りましょうか。この近所の小料理屋を予約してあります。近海の新鮮なお魚をたっぷり召し上がってください」

「これや、このおもてなしやがな！　最後の最後まですんませんなあ。ところで、月野ご夫妻の作った句を教えてくれまへんやろか？」

「……ちょっとここでは恥ずかしいので。お酒が入ってからということでよろしいですか？」

「よろしい、よろしい。ほな、皆さん、ぼーっとしてんと行くで〜！」

鮎彦先生の秀逸と特選を射止めた梅天さんは異常に上機嫌で、さっさと会場を片づけはじめた。

その後、二次会の小料理屋では、大いに盛り上がったことは言うまでもない。

隣に座った昴さんのお猪口に冷酒を注いだり、また昴さんが注いでくれたりしながら、地魚の美味しいお刺身を食べていると、吟行っていいもんだなあと改めてしみじみ思えた。

しかも偶然だったとはいえ、駿河湾の見える砂浜で一瞬、昴さんの手を強く握りしめたことも、わたしにとって吟行のかけがえのない思い出になった。

昴さんの手は大きくて温かかったなあ。そして不意に、エリカさんが浜辺で言った「告白専用の日」という言葉がお酒の酔いとともに、ぐるぐる頭のなかを回りはじめた。ヤバい、ヤバい、バレンタインデーはまだ先のことなのに今からこんな調子じゃ……。

お猪口を持つ昴さんの綺麗な手をちらっと見たわたしは、思わずお店の人に「お水くださ〜い！」と叫んでいた。

第八章　十一月・この出逢ひこそ

十一月は大学の文化祭もあったし、授業の課題レポートもいくつか重なって、いるか句会には行けなかった。

けれども、十一月の句会に参加した母から教えてもらった十二月の兼題を聞いて、よしっ、十二月は参加するぞ！　何より昴さんに逢いたいし、昴さんの俳句も楽しみだし、と気合いを入れ直したのだった。

十二月の兼題は「クリスマス」だった。

「あんた、クリスマスはどうするの？　昴さんと約束してるの？」

夕食を食べ終えたあと、紅茶を飲みながら母がずけずけと訊いてくる。

「二十二日が句会でしょ。イヴの日から一泊二日で昴さん、大阪に出張だってメールで言ってた。……でも、二十二日に句会で逢えるからいいもん」

「ふ〜ん。ほんとに出張なの？」

「どういう意味？」

「だって、イヴとクリスマスがちょうど出張だなんて、なんか少しあやしくないかしら」

「あやしくないよ。なんで、お母さんが昴さんのこと疑うわけ？　信じられないんだけど」

わたしはむっとして飲み干した紅茶のカップを音立てて、受け皿に置いた。

「ごめん、ごめん。ちょっとからかっただけよ。昴さんはそんな人じゃないわよね。杏のことが好きなんだから」

「好きだってどうしてわかるの？」

「そりゃ、昴さんの態度見てりゃわかるわよ。あんたも早く告白しちゃいなさいよ。そうすれば、すっきりするでしょ？」

「簡単に言わないでくれる。エリカさんにも言われたんだから」

「なんて？」

「だから、告白したらって」

「したらいいじゃないの」

「だから……、その……、バレンタインデーにしようかなって思ってるの」

「バレンタインねぇ～。杏が昴さんにチョコ渡すとこ、見てみたいわ。隠れてるから遠くで見てていい？」

「いいわけないじゃん。もうそんな話はいいからさ。クリスマスの句を作んないと。歳時記にはどんな句があるのかな」

「はいはい、じゃあ歳時記持ってくるから、杏は父さんのおかずにラップしといてくれる？　またきょうも終電だって言ってたから。遅く帰ってきて、ご飯食べてビール飲んですぐ寝たら、ますますビールっ腹にもなるわよね」

母はそうぼやきながら、本棚にある歳時記を取りに行った。

それにしても、きょうは底冷えのする日だなと思いつつ、わたしは父の分のおかずにラップをかけていった。

「お母さん、きょうなんか冷えるね」

歳時記を持って戻ってきた母は、

「そうね。もう立冬過ぎたからね。そろそろ霜が降りてもおかしくないわね」

と、寒そうに手をこすり合わせて応えた。

「霜も季語？」

「冬の季語ね。その冬初めて降りる霜は、初霜といって歳時記には別の項目として載っているのよ」

「ふ～ん、なるほど」

わたしは歳時記をめくって、冬の天文の季語「霜」の項目を見てみた。

「ねぇ、お母さん。この句、何？　チョー短い句あるんだけど」

「読んでみて」

「〈霜とけ鳥光る〉。九音しかないよ。めっちゃ字足らずじゃん。オザキホーヤって俳人知ってる？」

「ホウサイって読むのよ。その人は自由律俳人だから、音律が自由なのよ。私たちがやっているのは有季《ゆうき》定型《ていけい》。十七音で季語が入っているっていう俳句で、対照的なのが自由律俳句なの。十七音に縛られないで、季語もあってもなくてもどちらでもいいのよ。尾崎放哉は放浪俳人として有名ね。東大を出てエリートコースを歩みながらもお酒で失敗を重ねて、最後は小豆島でひっそり亡くなったのよ。母さん、放哉の生涯を描いた映画も観たことあるからよく覚えてるの。〈咳をしても一人〉っていう句、聞いたことない？」

「あ、どっかで聞いたことあるかも」

「その句もたまたま咳っていう冬の季語が入ってるけどね。まあ、私たちには放哉みたいな芸当はできないわね」

「なんで？　なんかこっちのほうが簡単そうじゃん」

「あんたのその短絡的なところは父さんに似たのかしらね、まったく。放哉はね、有季定型もきちんと勉強した人なのよ。いきなり自由律を作ったわけじゃないの。要するに基礎がしっかりあるうえで、自由に詠んだのよ。ピカソも奇抜な絵を描いたけど、基本のデッサンは抜群にうまかったっていう話があるでしょ。あれと同じよ。なんでも基礎、基本が大事。それができていろいろ挑戦できるのよ。だから、〈クリスマスに一人〉みたいな句は詠まないでね」

「は～い。勉強になりま～す。じゃあ、クリスマス、引いてみようかな」

「好きな例句を挙げてみてよ。杏、もう一杯、紅茶飲む？」

立ち上がった母がコンロのところにお湯を沸かしにゆく。

「いただきま～す。へぇ～、クリスマスの傍題っていろいろあるんだね。降誕祭、聖樹、聖夜、聖歌、聖菓、クリスマスカード、クリスマスキャロルって季語としては長いな。ふむふむ、この句なんか好きかも。〈点滅は聖樹の言葉クリスマス　山崎みのる〉。うまくない、この句？」

「うまいわね。物言わぬ木も聖樹になって飾り付けされると、その明かりの点滅が木の言葉みたいに感じるのね。ロマンチック」

ティーバッグを垂らした二つのカップにお湯を注いだ母がそれを持って、テーブルに戻ってくる。

「〈クリスマスゆき交ひて船相照らす　加藤楸邨《しゅうそん》〉っていう句、なんかカッコイイね。海の男同士って感じかな」

「観光船とかクルーザー同士かもしれないわね」

「あ、そっか。船っていってもいろんな種類があるもんね。どんな船か想像するだけで楽しくなっちゃうね」

「今のあんたにはこの句がぴったりじゃない。〈この出逢ひこそクリスマスプレゼント　稲畑汀子〉。昂さんこそステキなプレゼントじゃない、杏にとって」

「そうだね。ほんとにそうなればいいけど……」

「いいけどってもう出逢ってるじゃないの」

「出逢ってるけど、これから先のこと。まだ、ちゃんとお互いの気持ちすら確かめ合っていないんだよ」

「まあ、そうね。イヴもクリスマスも昂さんは大阪か。でも、そんな時期に出張なんてその会社も酷なことするわね」

「うん。なんかメールでも言葉少なかったし……」

わたしはティーバッグを抜き取って、紅茶の湯気を見つめた。

「杏、こんな句もあったわよ。〈聖樹の灯心斎橋の灯の中に　石原八束〉」

「なんか、昂さんの出張と重ねて読むと切ない句だね。あ〜あ、クリスマスは昂さん、大阪のツリーなんかじっと見上げたりするのかなあ」

母もティーバッグを取って、ゆっくりカップを持ち上げてひと口飲むと、

「そうね、きっと杏のこと思いながら、胸をキュンキュンさせて、ナニワのネオンを見上げ

るんやろなあ〜。ごっつ切ないやないかい」

と、変なイントネーションの関西弁で言ってくすくす笑った。

「あのね、こっちは真剣なんだから」

「はいはい」

「さあ、お父さん帰ってくる前に寝よっ。クリスマスの句は、まだ時間あるからゆっくり考えよっと」

わたしは半分くらい紅茶を飲むと、椅子から立ち上がった。

「そうね。オレだってそれくらい知ってるよとか言って、いつまでたっても短歌と俳句の区別もつかないんだから、困ったものよね。父さんの前で歳時記開くのはやめたわよ」

「同じく。じゃあ、おやすみ」

「〈この出逢ひこそバレンタインチョコレート〉みたいになるといいわね」

「お母さん、アレンジうまいね」

「まあね〜。おやすみ」

この出逢ひこそ、か……わたしは、クリスマスに大阪のグリコの電飾看板を見ている昴さんを想像して、また少し切なくなった。

第九章　十二月・君を追ふ聖夜

いつものように和気藹々《あいあい》とした句会が終わったあと、クリスマスの前祝いというちょっと不思議な理由と忘年会をかねて、二次会はみんなでエリカさんがチーママを務める銀座のクラブに繰り出すことになった。

この二次会は前々から決まっていたようで、エリカさんがママにお願いしてくれて、その日は特別にわたしたちのために貸し切りにしてくれたのだった。

エリカさんの案内で銀座六丁目のビルの五階にある「クラブ深雪」の重厚な扉を開けると、ママの深雪さんが明るく出迎えてくれた。

「いらっしゃいませ。外はお寒いでしょう。さあ、皆さん、お入りくださいませ。ああ、梅天さん、いらっしゃい。ご無沙汰しております」

深雪さんは着物を粋に着こなして、女優の岩下志麻を垂れ目にしておっとりさせたような柔らかい雰囲気を醸し出していた。

「わしは二回しか来たことあらへんのに、よう覚えてくれてはりますな」

「もちろん、覚えておりますよ。いつも句会ではエリカがお世話になっているようで」

「ママ〜、あたしがお世話してるのよ、このじいさん」

「まあ、この子ったら。すみませんね、梅天さん」

「いやいや。それより、ママ、きょうはアホのエリカはほっといて、久しぶりに一緒に飲みまひょ」

「それがきょうは句会の皆さんの貸し切りということで、エリカ一人にお店を任せようかと思っておりますの。梅天さん、すみませんね。また、ぜひお飲みにお越しくださいな」

「そりゃないわ、ママ、きょうわしは楽しみに」

「あのね〜、梅天さん。きょうはママにお願いして特別にお店を貸し切りにしてもらったのよ〜。ほんとはこの人数でこんな格安で貸し切りにできるようなお店じゃないんだから。この機会に、ママに少しでも休んでいただきたいの。銀座のクラブのママは毎日たいへんなんだからね〜」

「なるほど、エリカの言う通りやな。ママさん、きょうはほんまにおおきに。ありがとうございます」

梅天さんがお礼を言うと、いるか句会のメンバーもめいめいお礼の言葉をママに言って頭を下げた。

「まあ、皆さん、やめてくださいよ。こちらこそ、お越しくださってありがとうございます。

エリカはね、私の娘みたいなもんですから。皆さん、これからもエリカのことをよろしくお願いします。じゃあ、エリちゃん、あとはよろしくね」

「は〜い。お疲れ様で〜す」

深雪さんがお店を出ていくと、今まで緊張してキョロキョロと店内を見回していた鵙仁さんが、

「エリカさん、こんな高級クラブでお仕事をされていたんでありますね。私はこんな立派なお店に入ったのは初めてであります」

「お店は広くはないんだけど〜、ママが内装にこだわっただけあって品が良くてシックでしょう。ママが苦労して苦労してやっと一国一城の主になったのよ〜」

銀座のクラブとかスナックとか、わたしには全然わからない世界だけど、「クラブ深雪」はソファやテーブルをはじめ、いろいろな調度品がママの趣味なのだろう落ち着いたデザインと色彩で統一されていた。

「なんか、作家さんとか飲みに来そう」

すみれさんも興味津々といった感じでそうつぶやいた。

「お見えになるわよ〜。芥川賞作家も。あと、政財界の人とかも」

「すごいなあ、やっぱり銀座は」

大阪出張が決まってから元気のない昴さんも感心している。

「さあ、鮎彦先生。お座りくださいませ。先生に座っていただかないと皆さん、座れませんよ～」

「ああ、そうですね。失礼。僕もお店の雰囲気に見惚れていました。じゃあ、皆さん、座ってまずは乾杯しましょうか」

エリカさんが素早くビールやウィスキーを出してくれる。

テーブルにはケータリングの料理が並べられていた。サンドイッチ、ウィンナー、フライドポテト、唐揚げ、巻き寿司、他にもこまごましたお総菜やお菓子が並べられてどれも美味しそう。パーティみたいで心が弾んだ。

「皆さ～ん、お飲み物行きわたりましたね～。では、鮎彦先生、乾杯の音頭をお願いします」

「皆さん、きょうはクリスマスの兼題で句会をやりましたが、クリスマスの前祝いと忘年会ということで楽しみましょう。今年も皆さんと句会をともにできたことに感謝します。エリカさん、きょうのお気遣いありがとうございました。では、乾杯！」

乾杯！　みんなのグラスがぶつかり合い、にぎやかな談笑がはじまった。

しばらくして、エリカさんが保育所に子どもを迎えに行ってくるからと言って、お店を出ていった。

話は早速、きょうの句会で出たそれぞれの句に及んだ。

「きょうはなんちゅうても、〈冬銀河宿命といふ拠《よ》りどころ〉でっしゃろ。先生も特選やし、わしも皐月さんも特選や。昴さん、深い句作りまんなあ」

「いやあ、たまたまですよ」

「また、そんな昴さんったら」

すかさず、母がしゃしゃり出てくる。

「たまたまでこんな句はできませんよ。句会でも述べましたけど、〈宿命といふ拠りどころ〉には、昴さんの覚悟っていうのかしら、そんな強い意志を感じましたわ」

「わしもそう思うなあ。また、冬銀河の季語がビシッと決まってるさかい、余計に中七、下五が活きてくるねん。なあ、先生？」

「そうですね。ほんとに昴さんの気持ちのこもったいい句ですよ。冬銀河のなかに自分の宿命を見ているのでしょうね。冴え冴えとした無数の恒星のなかに、自分の星を見極めて思いを定めるような気持ちが出ていますね。しかし、ちょっとこの句には寂しさも滲んでいるように思いました。〈宿命といふ拠りどころ〉には、どこか温かさを求めるような感じもあります」

「なるほどなあ。そう言われてみれば、そうやなあ。昴さん、ひょっとしてなんかあったんとちゃいますか？」

「……いや、特に何もないですよ」

昴さんはそう言って下を向くと、ビールをひと口飲んだ。

やっぱり昴さん、なんか変だよ。きょう、この句を三人も特選に選んで、佳作にもずいぶん入ったのに、昴さん、ちっともうれしそうじゃなかったもん。どこか思い詰めたような表情だもん……。

「それから、次に人気やったのがすみれさんの句で〈胡麻炒れば藁の匂ひや冬夕焼《ふゆゆやけ》〉やったけど、これも先生の特選や。先生が二句も特選になさるのは珍しいこっちゃで」

梅天さんも昴さんのことが少し気になるようだったが、あえてツッコまずに話を続けて、鮎彦先生に意見を求めた。

「この句は一見地味に見えるんですが、何度も読んでよく味わうと、それこそ胡麻を炒った香りのようにふわぁと広がってくる良さがあるんですよ。そして、この句には発見があるんですよね」

「胡麻を炒るとたしかに藁のような香ばしい匂いがするであります」

鵙仁さんも唐揚げを食べながら、特選に取っていたので感心して頷いている。

「そうなんですよ。でも、それはすみれさんがこうやって一句にしたから、僕たちがああそうかと気づいたわけです。最初に〈胡麻炒れば藁の匂ひや〉と発見したすみれさんの嗅覚の鋭さ、感性というのはほんとうに素晴らしいですよね。この句のように、誰もが気づいているかもしれないけれど、まだ俳句にはされていない、言葉にされていないって事柄がまだまだあるかもしれませんね」

鮎彦先生に褒められたすみれさんは、ほんとうにうれしそうだ。人形のような美しい眼を見開いて、先生の言葉をかみしめるように聞いている。

「すみれさん、これは実際に胡麻を炒ってて発見したんでっか？」

「はい。ふとそう思ったんです。あっ、藁の匂いだって。それでちょうど、冬の夕焼がキッチンの窓に映えて美しくて。だから、この句は季語も含めて全部実感で作ったんです」

「冬夕焼の季語も嵌《は》め殺しの窓のごとく動かざるでありますね」

「誰が嵌め殺しやねんってツッコミ入れたなるけど、まあ、言わんとしてることはわかるわな。たしかに冬夕焼の季語以外ないっちゅう感じでんなあ。あと、問題句がありましたなあ。句会の〈選評〉でえらい盛り上がったけど、〈湯豆腐をぶつけてみたき男かな〉。あ、これはエリカはんの句か。あれ、そろそろ帰ってきてもええんちゃうか」

梅天さんがそう言った数秒後に、

「ただいま〜」

エリカさんが小さな男の子を連れてお店に帰ってきた。

「おう！　ちょうど、エリカの問題作について、またみんなで蒸し返そうとしとったとこやがな。おっ、これはこれは初めまして」

梅天さんが目尻を下げて、エリカさんと手をつないでいる男の子に声をかけた。

「お待たせしてすみませ〜ん。皆さんにうちの子、ちょっと紹介したくて、連れてきちゃいました。正人、ご挨拶は〜？」

エリカさんが正人くんの目の高さにしゃがんで微笑んだ。

「こんばんは、正人くん。おっちゃんは梅天やで。よろしゅうな」

「……こんばんは」

正人くんは恥ずかしいのか、小さな声で挨拶すると、エリカさんの後ろに隠れてしまった。

「正人は、何歳かな〜」

エリカさんが後ろに隠れた正人くんに尋ねると、右手だけ出して四本の指を広げた。

「四歳だよね。正人、あのおひげのじいちゃん、ちょっとスケベだけど怖くないよ〜」

「ちょっとスケベはよけいやろ」

梅天さんのツッコミに正人くんはエリカさんの後ろでくすくす笑っているようだった。

「正人もすぐに本調子になって慣れてくるから。皆さん、遠慮しないで飲んで食べてね〜。ほら、正人も一緒に食べよっか〜。オレンジジュースでいい？」

するると、正人くんはエリカさんの後ろから出てきて、「オレンジ、オレンジ」とまだ遠慮ぎみにつぶやきながら、小さく飛び跳ねだした。

「ほら、正人。梅天さんから順番にタッチしてきなよ〜。ハイタッチ、ハイタッチって。行け、GO、GO、正人〜！」

恥ずかしがる正人くんを梅天さんのところまでだっこして連れていったエリカさんは、「はい、タッチ！」と言って正人くんの小さな手と梅天さんの手をタッチさせた。

「さあ、行った、行った〜」

エリカさんにぽんとお尻を押されて、正人くんは恥ずかしそうに体をくねくねさせながらも、みんなのところに行ってハイタッチをして回った。小声でハイタッチ、ハイタッチと一人ひとりにきちんと言って回る正人くんが、すごくかわいい。まん丸な眼がエリカさんの眼にそっくりで、おかっぱみたいな髪型をしているので角度によっては女の子にも見える。

最後にハイタッチをした昴さんに、「ここに座る？」

と訊かれて、正人くんは素直に頷くと、昴さんの膝の上に乗った。

「何食べたい？　ポテトかな、ウィンナーかな？」

「ウィンナー」

昴さんが「よ〜し」と言って、正人くんのお皿にウィンナーを取ってあげた。

正人くんが膝の上に乗って、昴さんの表情がいつものように柔らかくなったのでわたしはちょっと安心した。ウィンナーのケチャップが、正人くんの手と口元についてしまったので、昴さんはおしぼりで拭いてあげている。

エリカさんが正人くんのオレンジジュースをテーブルに持ってきて、

「昴さん、すみませ〜ん。正人、よかったね〜。昴さんだよ。よろしくって」

と正人くんの頰をつついた。

「よろしく」

正人くんが頭をぺこりと下げる。

「はい。正人くん、よろしくね。次は何食べようか？」

昴さん、優しいな。いいな、正人くん。わたしは不思議なジェラシーをちょっぴり感じつつ、正人くんと昴さんを見つめていた。そして、きょう初めて昴さんと眼が合った。微笑んでくれる。でも、いつもわたしのほうが恥ずかしくて眼をそらしてしまうのに、きょうは昴さんのほうから眼をそらした。やっぱり、どこか昴さん、変だと思う。いつもの昴さんじゃないような気がする。

「そうそう、話を戻すとやなあ。この句〈湯豆腐をぶつけてみたき男かな〉、エリカはんのこれ、〈みたき〉やのうて、ほんまにやってないやろな。それが疑わしいねん」

「一回だけやったことあるよ～」

エリカさんがウィスキーの水割りを飲みながらさらりと言ったので、みんな「え～っ！」と叫んだ。

「やっぱりな。なんかエリカやったら、やっとるんちゃうかなと思ったんやけど。ほんまにほんまやったとはな」

梅天さんが妙に納得している。

「エリカやったらって何よ。二十代のころね～、湯豆腐じゃないけど、煮立ったキムチ鍋に入っていた豆腐を男の顔にしゃもじを使って投げつけてやったことあるのよ。キムチ鍋食べながら、平気な顔して浮気を告白されて～、ついカッとなってね」

「それで、その男はどうなったのでありますか？」

鴫仁さんが前のめりになって、エリカさんに問いかける。

「あっちぃ！　って言ってさあ、連続して投げてやったから、床を転げ回って、ごめん、ごめんって謝ってたなあ」

「エリカ、お前はめちゃくちゃしよるやっちゃなあ」

梅天さんも母も鮎彦先生も、眉根を寄せてポカンとした顔でエリカさんを見つめている。鵙仁さんだけがヒャヒヒャヒと腹を抱えて笑っていた。すみれさんはその鵙仁さんを見て、笑いを堪えているようだった。

昴さんはさっきからずっと正人くんの耳を両手でふさいでいた。四歳でまだ話の内容がきちんとわからないとはいえ、母親のめちゃくちゃな過去の話を息子に聞かせてはダメだと判断したのだろう。正人くんは巻き寿司をほおばって、食べるのに夢中だ。

「これから鍋を食べるときは、エリカのそばに近寄ったらあかんぞ」

梅天さんの真剣な忠告に、みんなが笑った。

「そやけど、きょうはクリスマスが兼題やったのに、クリスマスの句はほとんど選ばれへんかったし、話題にも上らんかったなあ。こんなこともありまんねんなあ、先生」

「そうですね。クリスマス、意外に難しかったですかね」

お酒で少し顔を赤くさせた鮎彦先生も首を傾《かし》げている。

きょうの句会でわたしの句は一句も選ばれなかったので、まだスランプは脱出できていない。クリスマスの句も作ったんだけどね……。

梅天さんが自分のノートを取り出して見ながら、

「〈クリスマス弱火で愛を煮つめをり〉、これが二人の佳作に入ったのみか。この句は誰やったかな？」

「鵙仁であります。桜木さん親子に選んでいただきました」

「そうや、そうや。親子でこの句取ってんねん」

「私は、クリスマスの夜にシチューかなんかを、ゆっくり弱火で煮つめているのかなと思ったんですけど、〈愛を〉という表現がいいかなと思いましたわ」

母が応える。

「杏ちゃんはどないでっか？」

「わたしも母と同じような情景が浮かびました。弱火っていうのが、大事に愛を育てているようで優しい句だなあと。強火や中火だと焦げついちゃうし、弱火でないとダメなんです。鍋をゆっくり丁寧にかき混ぜながら、様子をちゃんと見て煮込んでいるところに誰かのために作っている愛情を感じました」

「杏さん、感激でありますよ。素晴らしい〈選評〉をいただきました」

鵙仁さんが予想以上に感激してくれたので、わたしもうれしくなる。

「いやあ、杏ちゃん、今のは簡潔でええ〈選評〉やったな。あ、そうそう、この句は誰も選ばへんかったけど、わしは予選では選んでんねん。〈人ごみに居ぬ君を追ふ聖夜かな〉。作者、誰でっか？」

おい、おい、わたしの句じゃん……。恥ずかしいよ。梅天さん、頼むからやめて！

「あれ？　作者いてるはずやで」

「……あの〜、わたしです」

わたしは仕方なく名乗り出た。

「なんや、杏ちゃんかいな。なんでそないに恥ずかしそうにしてんのん？　ロマンチックな句やと思って、きっと若い人のやないかと予想しててん。杏ちゃん、〈人ごみに居ぬ〉ちゅうのは、雑踏のなかに彼氏がおらんちゅうことやろ」

わたしはすごく恥ずかしくて、眼の前にいる昴さんを意識してしまい、ビールの入ったグラスを握りしめた。

昴さんも、うとうとしはじめている正人くんの頭を撫でて、黙って下を向いている。

わたしは三島・沼津吟行のとき、砂浜で一瞬だけ手を握り合った昴さんのその手を見ていた。

「そこのじいさ〜ん、ほんとデリカシーないね〜。湯豆腐、眼の前にあったら、熱々の豆腐すくって投げつけてやるのに」

エリカさんが梅天さんにポテトを投げる。

梅天さんがわたしと昴さんを交互に見て、ビールを一気に飲み干すと、

「えらいすんまへんでした」

としょんぼりして、自分のノートを閉じた。

その後はエリカさんがうまく盛り上げてくれて、何事もなかったように時間は過ぎていった。

正人くんが完全に寝てしまった十時ごろにお開きとなり、エリカさんは息子をおんぶして、みんなでお店を出た。

外に出ると、雪が舞っていた。

銀座のネオンや通りを雪がかすめて、うっすらと積もりかけていた。

そばにいたエリカさんが、わたしにだけ聞こえるように、

「〈雪はげし抱かれて息のつまりしこと〉」

と、小さな声で囁いた。

「え？」

「橋本多佳子の句だよ。あたし、好きなんだ〜、この句」

〈雪はげし抱かれて息のつまりしこと〉、わたしはエリカさんが囁いた一句を胸のうちでつぶやいてみた。すると、だんだん雪が激しくなってくるようで、自分の胸もつまったような息苦しさを感じた。昴さんにはまだ一度も抱きしめられたことなんてないのに。

わたしは自分の焦る気持ちも雪と一緒に積もってゆくようで、このままでは昴さんが遠くに行ってしまうような不安が胸をよぎった。そんな予感を振り払うように、わたしはそんなのやだよ、ぜったいやだ……と心のなかで強くかぶりを振った。なんとかしないといけない、自分の力で。

「頑張んなよ」

エリカさんの言葉に、わたしは無言で頷き返した。

明後日から大阪へ出張に行く昴さんを見やると、舞い落ちる雪を浴びるように、静かに夜空を見上げていた。

第十章　一月・バス待つこころ

一月の兼題は、「初詣」だった。いつものように自由題でもOKということで、わたしはありったけの心を込めて、ある決心を胸に俳句を作った。この気持ちが報われるか、空回りして終わるかは句会を終えてみないとわからない。

昴さんへの募る思いが日に日に増してゆき、わたしの胸のなかでくすぶり続けていた。このままではいけない、なんとかしないと……。

句会当日、少し早めに来てK庭園の庭をめぐって桜の木を見上げた。

去年の四月、初めているか句会に参加したときにも、このまだ幹の細い桜を見上げたなとわたしは思い出した。

新年の晴天の下、桜はまだ硬い小さな蕾をいくつも抱えて春を待っているようだった。

枝の先に眼を遣って、わたしは思わず「あっ」と叫んだ。

二輪だけ寄り添うように、花が咲いていたのだった。

わたしはしばらくその花を見つめていた。

「帰り花ですね」

昴さんがゆっくり庭を歩いてきて、やがてわたしのそばで歩を止めた。

「かえりばな……」

「そう。冬の季語です。この桜の品種は染井吉野で冬桜じゃないから、ほんとは一月に咲いたりしないんだ。でも、暖かい日が続くと季節を間違えるのか、こうやってぽっと咲いたりするんですよ。お正月、暖かい日が続いたから桜も春と間違えちゃったかな」

「でも、綺麗ですね」

「そうだね」

「そろそろ会場に入らないと……」

なんかまだ昴さん、元気ないみたいだなと思いながら、会場まで私たちは無言で歩いていった。

会場に入って、いつもの句会のメンバーが揃うと、

「明けましておめでとうございます。新年句会で皆さんの元気な顔が見られてうれしいです。今年もどうぞよろしくお願いします」

と、鮎彦先生が新年の挨拶を述べた。

みんなもそれぞれ挨拶を返すなか、梅天さんが歳時記を開いて、

「〈ねんごろな言伝ときどき初句会〉」

と、朗々と一句を読み上げた。

「誰の句でありますか？」

鴫仁さんが尋ねる。

「中村汀女《ていじょ》や」

「なんか〜、梅天さんが読み上げると、〈ねんごろな言伝〉がいやらしく聞こえるんだけど〜」

新年早々、エリカさんがツッコミを入れてゆく。

「なんでやねん、この清廉潔白な梅天のどこがいやらしいねん」

「ねんごろになるっていうじゃ〜ん、男と女が〜。梅天さんが読むと、その意味に聞こえるのよね〜」

「エリカはん、勝手なイメージつけんとってくれるか。この句のねんごろは、心のこもったとか親切なちゅう意味やろう。初句会に行きたかったけど、用事があって行かれへんかったんやろうなあ。それで、その人が句会に丁寧な伝言を届けたんや」

「なるほどでありますね」

鴫仁さんが大きく頷く。

「とにかく、きょうはめでたい初句会や。わしは先生の特選狙っていくさかい、皆さん、そのつもりで」

鼻息の荒い梅天さんに、それぞれ闘志を秘めたような笑みを頬に浮かべながら、今年初めての句会はスタートした。

句会はいつもの手順で進められた。

わたしも句会の進行はもうしっかりと覚えた。

新年を迎えた清々しい空気のなか、〈出句〉〈清記〉〈選句〉とみんな黙々と進めていった。

鮎彦先生が最後の絞り込みの〈選句〉と休憩時間を含めて、二十分取ることをアナウンスすると、みんなの緊張が少しほぐれた。

スタッフでお菓子大臣の千梅さんが、みんなにお菓子を配りだす。

「きょうのお菓子は、鳩サブレと江戸あられ竹仙の白梅というお煎餅をご用意しました。白梅は白ごま入りで香ばしくて、お米の味もしっかりしていて美味しいですよ」

「新年にこの二つのお菓子を選んだのは何か意味があるんですか？」

すみれさんが微笑みながら、千梅さんに話しかける。

「そうですね」

「皆さん、わかりますか？」

スタッフの土鳩さんが問いかける。

「私、わかりましたわよ」

　母がいつものように前に出てくる。

「まあ、白梅は梅やさかい、縁起もんやなあ。煎餅のかたちも梅の花のかたちしててめでたい感じやなあ」

「そうですね。では、鳩サブレは？」

　土鳩さんが問うと、

「鳩サブレは何やろ？」

　梅天さんは首を傾げた。

「鳩でありますか……」

　鵙仁さんも考え込んでいる。

「土鳩さんの鳩に掛けてるのよ～」

　エリカさんがそう言うと、

「そう言われてみれば、たしかに。でも、それとも違いますね」

　土鳩さんが首を振った。

　わたしも全然わからない。

「鳩サブレは、新年の季語・初鳩に掛けてるんですわ、きっと」

母がここだという目立つタイミングで、自信に満ち溢れて答えた。

「なるほど！　そうか、初鳩に掛けてたんや」

梅天さんが膝を打った。

「皐月さん、正解です！」

千梅さんが笑顔で頷いている。

「まあ、初鳩ちゅうたら、元日に見た鳩のことで、きょうは七日、ちょっと日にちはずれるけど、そういうことやったんやな」

「私、まだ新年になって鳩見てないから、鳩サブレが初鳩です」

すみれさんが言った。

「私もであります。〈初鳩は鳩サブレなりさあ食《く》うべ〉」

鴫仁さんの即興の句にみんなが笑った。

しばらく、おのおのお菓子を食べたりお茶を飲んだりしながら、最終五句選、そのうち一句を特選に絞り込むと、鮎彦先生のかけ声で〈披講〉がはじまった。

「森之内梅天選。

３番、初電話つぎつぎ福を告げにけり」

「土鳩です」

「4番、去年より祈りの長き初詣」

「昴」

「6番、冬雀はらりはらりと降りにけり」

「皐月」

「8番、ストールのバス待つこころ瑠璃色《るりいろ》に」

「杏です」

「特選5番、湯ざめして研ぎ澄まされる一手かな」

「鴫仁」

「以上、梅天選でした」

よし、まずは梅天さんの選に入ってよかった。〈披講〉はまだまだこれからだから、冷静に冷静に。

「奥泉エリカ選で〜す。

1番、海鳥を見にゆくだけの四日かな」

「すみれです」

「4番、冬夕焼いるかを撫づる調教師」

「昴」

「6番、日脚伸ぶ朝礼台の下にゐる」

「鵙仁」

「7番、読初《よみぞめ》の漱石の句を写しをり」

「梅天」

「特選3番、初電話つぎつぎ福を告げにけり」

「土鳩です」

「以上、エリカ選でした」

エリカさんの選には入らなかったけど、まだまだ……。

「鈴木鵙仁選です。

3番、初電話つぎつぎ福を告げにけり」

「土鳩です」

「4番、寒月や画面の文字の息づかひ」

「エリカで〜す」

「6番、冬雀はらりはらりと降りにけり」

「皐月」

「8番、ストールのバス待つこころ瑠璃色に」

「杏です」

「特選9番、新年や富士に喰はれる夢をみて」

「エリカで～す」

「以上、鵙仁選でした」

鵙仁さんの佳作もゲットできてよかった。今のところの人気の句は、土鳩さんの初電話の句だな。さあ、母は当然、先生の句を狙っていくだろう。

「桜木皐月選。

4番、去年より祈りの長き初詣」

「昴」

「6番、日脚伸ぶ朝礼台の下にゐる」

「鵙仁」

「8番、ストールのバス待つこころ瑠璃色に」

「杏です」

「9番、新年や富士に喰はれる夢をみて」

「エリカで～す」

「特選2番、初春やくねりくねりと飴細工」

「鮎彦」

「以上、皐月選でした」

母がニンマリと笑っている。新年から先生の句を狙っての選が的確に当たった喜びの笑みだ。恐ろしい。母のどこにそんな鮎彦センサーがついているのか。とにかく鮎彦先生の句は見極められるらしい。そして、きょうはわたしの句も選んでくれた。句会に出す俳句はお互い秘密にしているから、わたしの句だとわかって選んだわけじゃないので、純粋にうれしい。

さあ、いよいよわたしの番だ。

「桜木杏選。

1番、葱を煮る間に溶けてゆくこころ」

「皐月」

「4番、冬夕焼いるかを撫づる調教師」

「昴」

「6番、冬雀はらりはらりと降りにけり」

「皐月」

「同じく6番、日脚伸ぶ朝礼台の下にゐる」

「鵙仁」

「特選4番、去年より祈りの長き初詣」

「昴」

わたしは特選を読み上げたあと、昴さんのほうを見やった。昴さんもわたしを見た。昴さんは微笑まず、真っ直ぐな眼差しでわたしを見つめた。何かを伝えようとするような眼差しだった。

わたしはしっかりと昴さんの視線を受け止めた。

昴さんの作品を二句選べたことがなんだか誇らしく思える自分がいた。

次の〈披講〉は昴さんだった。昴さんはその眼を選句用紙に向けた。

「連城昴選。

2番、初春やくねりくねりと飴細工」

「鮎彦」

「3番、初電話つぎつぎ福を告げにけり」

「土鳩です」

「5番、湯ざめして研ぎ澄まされる一手かな」

「鵙仁」

「7番、なき人の願ひを願ふ初詣」

「梅天」

「特選8番、ストールのバス待つこころ瑠璃色に」

「えっ、あ、杏です」

「以上、昴選でした」

昴さんが……わたしの句を初めて特選に選んでくれた！　わたしの句を一番いいと思ってくれた……。そして、わたしは昴さんの句を特選に選んだ。お互いに特選に選び合ったんだ。なんだろうこの共感し合えた震えるような喜びは。まるで、十七音を通してお互いの心が触れ合ったような不思議な気持ちがする。

昴さんとまた眼が合う。今度は優しく微笑んでくれたので、わたしもぎこちないけど笑い返すことができた。

「川本すみれ選です。

1番、葱を煮る間に溶けてゆくこころ」

「皐月」

「5番、湯ざめして研ぎ澄まされる一手かな」

「鵙仁」

「6番、日脚伸ぶ朝礼台の下にゐる」

「鵙仁」

「2番、初春やくねりくねりと飴細工」

「鮎彦」

「特選7番、木の香りする神の子や初詣」

「梅天」

「以上、すみれ選でした」

すみれさんの〈披講〉が終わると、土鳩さん、千梅さんと続いて、今年最初の鮎彦先生の〈披講〉がはじまる。梅天さんが先生の特選を狙いにいくと宣言したけど、果たしてその通りになるのか。みんながなんとなく固唾《かたず》を呑んでいるような雰囲気が伝わってきた。

「本宮鮎彦選です。いつものように多めに選びました。佳作、秀逸、特選の順に〈披講〉していきます。

佳作3番、初電話つぎつぎ福を告げにけり」

「土鳩です」

「4番、去年より祈りの長き初詣」

「昴」

「同じく4番、冬夕焼いるかを撫づる調教師」

「昴」

「6番、冬雀はらりはらりと降りにけり」

「皐月」

「8番、ストールのバス待つこころ瑠璃色に」

「杏です」

「秀逸です。1番、海鳥を見にゆくだけの四日かな」

「すみれです」

「もう一句秀逸です。5番、湯ざめして研ぎ澄まされる一手かな」

「鵙仁」

「最後に特選です。7番、木の香りする神の子や初詣」

「梅天！」

梅天さんは名乗りのあと、「よっしゃ！」と叫んだ。

みんなからもどよめきのような驚きの声が湧き上がる。

「梅天さん、まさに宣言通りでありますね」

鵙仁さんが恐れ入ったという感じで声をかけた。

「こりゃ、新年から縁起がええのう。いやあ、皆さん、おおきに、ありがとう」

まるで満塁ホームランを打ったバッターのように、英雄気取りでみんなに手を振る梅天さんに、

「なんか、つまんな～い」

と、エリカさんがふて腐れたように梅天さんのほうを横目でにらんだ。

「エリカはん、それはひがみっちゅうもんやで。こんなときになんで、梅天さん、よかったね、おめでとうちゅうて素直に祝えんのや」

「みなさ～ん、そんなお祝いの言葉言いたい人いますか～？」

エリカさんの問いかけに、みんな水を打ったようにしんと静まり返って下を向いてしまったので、

「なんでやねん！」

と、すかさず梅天さんが悲痛なツッコミを入れた。

みんながどっと笑い出す。

「さて、梅天さんにお祝いを言いたい人が誰もいないみたいなんで、〈選評〉に移りたいと思います」

「そんな……先生まで」

「冗談ですよ、梅天さん。では、梅天さんから特選について述べていただけますか」

　これから特選についての〈選評〉が順番に述べられてゆく。

　俳句の省略された部分をどう解釈していくか、どのように想像をふくらませて一句を読み解いてゆくかが醍醐味だ。句会の楽しみは〈選評〉にあり、という人が多いみたいだけど、わたしも句会に参加してきてほんとうにそう思う。

　梅天さんはやはり先生の特選を宣言通り獲得したことがうれしいのだろう。生き生きとした調子で話しはじめた。

「わしの特選は、〈湯ざめして研ぎ澄まされる一手かな〉です。お風呂からあがってきて、また体が冷えてしまうことが〈湯ざめ〉という冬の季語になっとるけど、この句は湯ざめすることによって、頭が冴えて〈研ぎ澄まされる一手〉を打ったちゅう発想がええなと思いました。発想ちゅうか、実際そんなことがあったのかもしれんが、冬のぴんと張り詰めた空気のなかで、一手を打ったときのパシッという音まで聞こえてきまんなあ」

「なるほど。昴さんとすみれさんも取っていますね。昴さん、いかがですか？」

　鮎彦先生が問いかける。

「はい。梅天さんの解釈に付け足すことはありませんが、一手は囲碁とか将棋とか、いくつか考えられると思いますが、ぼくは将棋かなと思いました。たとえば、相手の王将を追い詰める一手が湯ざめした頭にひらめいて、ぴしりと打ち込む感じが伝わってきました」

「すみれさんは？」

「最初、私はチェスかなと思ったんですけど、それだと駒を置いたときの響きが少ないですよね。やはりこの一句は一手を指したときの音が欲しいなと感じましたので、私も木の盤と木の駒を使う将棋が一番澄んだ音だと思うので、将棋を思い浮かべました。静かなところで二人、緊張感をもって指している雰囲気がとても好きでした」

「そうですね、僕も秀逸に選んだのですが、たしかに一手の音の響きが聞こえてきますよね。〈一手かな〉と切字の〈かな〉が置かれていることで、よけいに音が鳴り渡る感じがしますね。よほどいい手を打ち込んだのでしょう。起死回生の一手だったのかもしれません。〈研ぎ澄まされる〉の措辞からは、一手の内容もそうですが、打ち込んだその人の様子まで見えてくるようです。盤上を冷静沈着に見つめるその人が見えてきます。作者の鵙仁さん、いかがですか？」

「ありがとうございます。まことにうれしく存じます。皆さんが読み解いてくださったように、将棋であります。実は私、将棋が大好きでして」

「鵙仁さんに将棋の趣味があるとはなあ。ぜひ、今度一局、やりましょうや」

「はい、ぜひに！」

梅天さんと鵙仁さんの将棋対決も決まったところで、〈選評〉は次の句に進んでゆく。

「では、エリカさん、特選についてお願いします」

「は〜い、あたしの特選は、〈初電話つぎつぎ福を告げにけり〉です。やっぱり新年句会はめでたい句を特選にしたいなと思っていたので〜。こんなめでたい句、ないじゃないですか〜。どんな福を電話越しに伝えたんだろうなって。こっちまですごく福をもらった感じがしました〜」

「この句は梅天さん、昴さん、鵙仁さんも佳作に選ばれていますね」

鮎彦先生の言葉に、鵙仁さんが話しはじめる。

「私もめでたくて素晴らしい句だなと思いましたであります。この福はたとえば、年末ジャンボ宝くじに当たったとか、おみくじを引いたら大吉だったとか、赤ちゃんが初めてハイハイしたとか、いろいろと考えられますので、それをまた新年に入って初めてかける電話で伝えるというのは、まことに微笑ましい風景であるなと思ったしだいであります」

「そうやなあ。年末ジャンボてな、大げさなもんやなくても、日常のなかでの些細な福、幸せちゅうほうがこの句には合う感じがするねんなあ」

梅天さんがあごひげを撫でながら、福々しい表情で付け足した。

「福を告げられている受話器の向こうの人も、うれしいでしょうね。その人の福を分けてもらう感じで」

昴さんも短く感想を言った。

土鳩さんは多くの人に選んでもらったうれしさで照れくさそうにしている。

「では、次は鵙仁さんにいきましょうか」

「はい。私の選んだ特選は、〈新年や富士に喰はれる夢をみて〉であります。面白い句だなと感じ入りました。初夢で見る縁起の良い順番として、〈一富士二鷹三茄子《なすび》〉と申しますが、この句には富士山が入っています。しかし、富士が出てくるのでありますが、その富士に喰われてしまうというのはどういうことなのでありましょうか？　夢でありますから、そんな不思議な夢があっても当然いいと思うのでありますが」

「皐月さんも佳作で選ばれていますね」

鮎彦先生の言葉に、

「やはり鵙仁さんと同じように、面白さでいただきました。でも、よく考えると、富士に喰われるっていうのはめでたいのか、めでたくないのかわからないような夢ですわね。富士山に大きな口でもあってがばっと開いたのでしょうか」

母は、「そう考えると、ちょっと怖い夢ですわね」と付け足した。

「あたしの句なんですけど～、ほんとにそんな夢見ちゃったので～、作ってみたんです～。

皐月さんの言うようにちょっと怖かったなあ〜。寝汗かいてたよ〜」

　わたしは、エリカさんが富士山に喰われる場面を思い浮かべてちょっと笑ってしまった。みんなも笑っている。

「せっかく初夢に縁起のええ富士山が出てきてくれたのに、その富士に喰われるとはどんな夢やねん」

　梅天さんがたたみかける。

「そうよね〜。ネットで夢占いも見てみたんだけど、載ってなかったのよ。富士山に喰われる夢の例なんて〜」

「そらそうやろなあ。何を意味するかはこれからわかるやろ」

「えらそうに〜。じいさんなんか〜、富士山のてっぺんで、茄子食い過ぎてひっくり返って、最後は鷹に突かれて死んだらいいのよ〜」

「そら、さぞ気持ちよろしいやろなあ。世界遺産の富士山のてっぺんで死ねるんやったらわしは本望やわ」

「はい、そこまで！」

　鮎彦先生のレフリーのような合いの手にみんなが噴き出した。

「では、皐月さん、特選についてよろしくお願いします」

「はい、私の特選は先生の作品、〈初春やくねりくねりと飴細工〉でした。なんといってもこの〈くねりくねり〉の擬態語が素晴らしいですわ！　飴細工は今や懐かしい感じがしますけども、初詣の出店なんかに出ている絵が思い浮かびました。新年を迎えた気持ちの柔らかさというんでしょうか、それがかたちを変えてゆく飴細工と重なるように見えてきましたわ」

「私も選んだんですが、年が改まって、また気持ちをほぐして、再びこの一年の志を立てるしなやかさを象徴的に表現した句だと思いました。それこそ、まだ固まっていない温かい飴細工のように、〈くねりくねり〉とかたちを整えながら、鳥にでも竜にでも何でもなれる、そんな志の高さをこの句に感じました」

母に続いてすみれさんが評を述べたあと、昴さんは、もう言うことなしというように大きく頷いている。

わたしは、母とすみれさんの評を聞いていて、なるほどと思った。

二人の〈選評〉に耳を傾けると、この句の季語「初春」がうまく効いているんだなあと納得できる。陰暦では元日がだいたい立春のころだったから、「初春」は新年を意味するらしい。わたしは歳時記の説明を読んで初めて知った。

「いい〈選評〉をいただき、ありがとうございます。では、杏さん、お願いします」

「はい。わたしの特選は、〈去年より祈りの長き初詣〉です。去年よりもお願いしたいことや心に誓うことなんかが、多かったのかなと思いました。じっと手を合わせている姿に、新年に向けて頑張るぞという気持ちが見えてくるようでした」

わたしは作者の昴さんにどんなお願い事をしていたの？　と問いかけたかったけど、でもそんな勇気は出てこなかった。最近の昴さんの様子が変なので、よけいに何をお願いしたのか気になって仕方ないのだけど……。

「わしもいただいたんやけど、なかなかシンプルでええ句やと思いましたなあ。初詣行ったら、えらい長いあいだ手を合わせてる人をたまに見かけるけど、この人何を祈ってるんかなと思うときありますな」

梅天さんの言葉を引き継ぐように母が、

「私も選びましたけど、ほんとうにそうですわね。具体的に何を祈っているかは書かれていないけど、そこが逆に想像させるというのかしら。去年と今年とは、何か心境が違っているのか、何か変化があったのかわかりませんけども、今年は心に期する大きなことが作者にはあるのかもしれませんわね」

そう締めくくった。

「僕も佳作でいただきましたが、昴さん、何か期するところがあるのですね、きっと」

「……はい」

昴さんは何か思い詰めたように、鮎彦先生に短く応えただけだった。

梅天さんが何か言いかけたが、結局言葉を飲み込んだようだった。

「では、昴さん、特選について」

「ぼくの特選は、〈ストールのバス待つこころ瑠璃色に〉です。作者の気持ちがとてもぼくの気持ちに響いてきました。以上です」

昴さんの〈選評〉がいつもより短いので、みんな少し怪訝な表情をしている。

わたしもなんだか恥ずかしくて下を向いた。ありったけの思いを込めて作った一句が、昴さんの心に届いただけでもう充分だった。

梅天さんが取り繕うように、

「わしも選んだんやけど、冬の季語〈ストール〉が効いていると思いました。ストールを着て、バスを待っている心が瑠璃色になるとは美しい詩的な表現やおまへんか。それにしても、初句会で杏ちゃんと昴さんは、お互い特選に選び合ったんやなあ。これは新年からお二人、隅に置けんちゅうか。二人はその……」

「じいさ〜ん、それ以上言ったら殺すよ〜」

エリカさんがきついツッコミを入れる。

梅天さんの無神経さに比べて、エリカさんはほんとに優しいな。わたしは胸のなかで、ありがとうと手を合わせた。

「私もそう思うであります。瑠璃色がなんとも清楚で美しくて感動いたしました。心が瑠璃色になるとはどんな心境であるのか、一度作者にうかがいたいところであります」

しかし、ここにもう一人無神経な人がいた。

「杏さん、これは一体どんなお気持ちでありますか？」

全く空気を読まない鴫仁さんが、ストレートに質問してくる。

昴さんも黙ったままだ。

顔を上げて、鮎彦先生のほうを見ると、自分の選句用紙を何やら真剣に見つめていた。そして、

「ちょっと待ってください」

と、その空気を裂くように言った。

「この句ですが、僕は佳作にしていましたが特選にします」

みんなが「えっ！」と驚いた顔をして鮎彦先生を見た。

鮎彦先生は、今まで途中で自分の選を変更することなど、一度もなかったのでみんなは眼を丸くしているようだった。

「なんでですか？　先生」

　梅天さんが問いかける。

「選者として発表した選を変えるのは、恥ずかしいことかもしれませんが、この句は特選にさせてください」

　鮎彦先生がその理由を言い出さないので、みんなは不思議がっている。

「昴さんは、おそらく気づいていたんだと思います」

　昴さんは鮎彦先生を見て黙っていた。

　わたしはドキドキしていた。自分で作って句会に提出した句なのに、なんだか他人の句のようにも思えてきて、どんどん胸が高鳴っていった。

「この句なんですが……」

　鮎彦先生が〈選評〉をはじめる。

　わたしは両眼をギュッとつぶって、下を向いた。

「この句の上五、中七、下五の頭の文字をつなぎ合わせてみてください」

　みんなが一斉に自分のノートをめくる音が聞こえた。

　そして、わたしの句を探して、鮎彦先生の言うように、五七五のそれぞれ頭の文字をつなぎ合わせているようだった。

「なんと！」

突然、梅天さんが叫んだ。

「これは、折句《おりく》やないか！」

「そうなんです。〈ストールのバス待つこころ瑠璃色に〉の頭から〈ストールの〉の〈す〉、〈バス待つこころ〉の〈ば〉、〈瑠璃色に〉の〈る〉。この三つの文字をつなぎ合わせると、〈すばる〉。杏さんは昴さんの名前を一句のなかに折り込んでこの一句を作っていたんです。僕は恥ずかしながら、今さっき気づいた。杏さんから昴さんへの見事な、真心のこもった挨拶句だったんです」

「杏、いつの間に……。こんないい句作って……」

隣の母がわたしの肩を強く抱いてくれる。

「そうか、そうやったんやなあ」

梅天さんがしみじみとした口調でつぶやいた。

「この句は、折句で昴さんへ気持ちを贈った句だとわかると、いっそうこの句の意味も見えてくるのです。名前を折り込んだだけではなくて、この句自体にもきちんと意味が込められている。瑠璃とはガラスの古名でもありますから、美しくて壊れやすい青色ですね。真冬の空の下、バス停でストールを巻いて、バスを待っているのです。これ以上の解釈は野暮ですね。この句のほんとうの意味は、昴さんだけが〈選句〉の段階で見抜いていたのです。昴さん、わかっていましたね？」

鮎彦先生の言葉に、

「はい」

昴さんがはっきりした声で応えた。

「こんな気持ちのこもった句をもらったのは初めてです。杏さん、ありがとう。ぼくはこの句をしっかりと受け止めます。ぼくのは拙い句ですが、〈去年より祈りの長き初詣〉は、杏さんのことを思って祈りました。杏さんといつかお付き合いできますように、と」

「ひゅ〜、ひゅ〜！」

エリカさんがそう叫んで、大きな拍手をした。

「昴さん、男でありますよ！　男を見ました！」

鴫仁さんも拍手をしながら興奮したのか、ヒャヒヒャヒと笑いはじめた。

「作者名のわからんお互いの句を特選に取り合うて、なおかつ気持ちが通じ合うちゅうのはほんまに奇跡やで」

そう言いながら梅天さんも手を叩いた。

みんなが拍手をするなか、

「待ってくださぃ。いま、昴さん、いつかって言いませんでしたか」

すみれさんが言葉を挟んだ。

わたしもその言葉が気になっていた。「いつか」ってどういうこと？

わたしは潤んだ眼を見られるのが恥ずかしかったけど、顔を上げて昴さんのほうを見た。

昴さんは真剣な表情で、わたしを見つめた。

「はい、いつかと言いました」

昴さんはまた思い詰めた顔つきになった。

「なんでやねん。これでお互い好き同士やってわかったんやさかい、すぐ付き合うても何の問題もあれへんやないかい。皐月さん、反対でっか？」

「昴さんなら、大賛成よ」

「ほら、見てみぃ。皐月さんも賛成やっちゅうとるんやで」

しばらく昴さんは黙り込んでいたが、

「きょうは二次会で皆さんにお話ししようと思っていたのですが……。先生、句会の貴重な時間ですが、いただいてかまいませんか？」

鮎彦先生は微笑んで頷く。

「ありがとうございます。私事なんですが、実は転勤が決まりました」

昴さんのその言葉に、みんなは一瞬ハッと息を呑んで顔をしかめた。

わたしは、太い釘が胸の奥深くにいきなり打ち込まれたような痛みを覚えた。

昴さんと俳句を通して初めてお互いの気持ちをきちんと伝え合えたうれしさと、転勤という思いも掛けない事態にわたしの気持ちは混乱した。

「ぼくの勤めている広告代理店は東京本社と大阪支社があるのですが、このたび、大阪支社の事業拡大と新規クライアント獲得を強化するために急遽、異動することになりました。大阪であと、一年もしくは二年、営業経験を積まないといけません。コピーライターになりたくて、広告代理店に入ったのですが、会社の規定で営業経験も積まないといけなくて。コピーライターになることはぼくの夢なので、なんとか大阪で踏ん張りたいと思っています」

「ほな、いるか句会にも出られへんようになるんやな……」

梅天さんが声を落として言った。

「はい……。皆さんにはほんとうにお世話になりました」

「……そっか。昴さん、いつから大阪へ行くの〜」

エリカさんが心配そうに訊いた。

「二月一日からです。十二月に異動が決まって、イヴとクリスマスに大阪に行ったのも、大阪支社の上司との打ち合わせと新居の物件探しもかねてでした」

わたしは昴さんの元気がなかった理由がやっとわかって、自分がなんだか情けなくなった。昴さんは仕事のことやわたしのことを思って、いろいろ悩んでいたんだ。わたしはそんな昴さんの悩みを聞き出すことも、助けてあげることもできないでいた。わたしは昴さんのことを思いながらも、結局は自分のことしか考えていなかったのかもしれない。

「昴さん、東京には一年か二年したら戻って来られるんですね」

鮎彦先生が言った。

「はい。大阪で役目を果たしたら、本社に戻ってコピーライターになりたいという希望は上司に伝えました。会社側もそれは約束してくれました」

「昴さ〜ん、本気だったら、杏ちゃんにもうひと言、言い忘れてな〜い？」

エリカさんがわたしを見てウィンクした。

「それ、どういう意味やねん？」

「あのね〜、じいさんはひっこんでて」

昴さんは背筋を正して、真っ直ぐにわたしのほうを見た。

「……杏さん、ぼくはさっきいつかって言ったけど、ぼくの本心は……。一年か二年したら必ず東京に帰ってくるから、それでもよければ遠距離だけど、付き合ってくれませんか？お願いします」

わたしは昴さんを見つめた。

涙を止めようと思っても、次から次へとこぼれてきて止められなかった。

「……はい」

わたしはそれだけ言うのがせいいっぱいで、隣の母に頭を撫でられているのもわからずに、声を出して泣いてしまった。

昴さんの突然の転勤は悲しかったけど、でも転勤する前にこうしてお互いの気持ちが確かめ合えた。いるか句会のみんなのおかげで。そしてわたしは生まれて初めて作った昴さんへの挨拶句、思いを込めた告白の句を作って、ほんとうによかったと思った。これはわたしにとっては賭けでもあった。この折句が昴さんにも誰にも気づかれなければ、昴さんへの思いも届かなかったのだ。でも、昴さんがわたしの句に気づいてくれた。意味を読み取ってくれて受け止めてくれた。今まで俳句をしていて、一番幸せな瞬間だった。

わたしは涙を拭いて椅子から立ち上がり、

「皆さん、ありがとうございます」

と、頭を下げた。

昴さんも立ち上がってお礼を言い、一緒に頭を下げた。

「泣かせるやないかい……。よいよい、もうよい。おもてをあげ〜い！」

梅天さんが涙声でおどけて言うと、みんなが小さく笑った。

「お二人、これから遠距離恋愛楽しんでね〜。遠距離もなかなかドキドキしていいもんよ〜」

「この海千山千のエリカはんが言うんやから間違いないわ」

わたしはまた梅天さんとエリカさんの掛け合いがはじまるなと思った。

昴さんもそれを察したらしく微笑んでいる。

「当たり前よ〜。あたしだって、福岡の人と遠距離で長いあいだ付き合ったことあるんだから〜」

「では、二人の先輩でありますね」

鵙仁さんが挟んだ言葉に、

「鵙仁さん、言葉はもっと正確に使わなあきまへんで。二人の大先輩や」

「なんで、大がつくのよ〜。あたし、そんなに歳くってないわよ〜」

「はい、そこまで！」

きょう二度目の鮎彦先生の合いの手にみんなが笑う。

「杏、よかったわね」

母がわたしの肩に自分の肩をぶつけて微笑んだ。

「うん、ありがとう」

わたしは心から母に感謝した。

思えば、このいるか句会に連れてきてくれたのも母だった。

最初はわたしもいやいやだったけど、鮎彦先生はじめ、この愉快な気のいいメンバーのおかげで俳句も句会も好きになれた。そして大好きな人とも出逢えた。

「皆さん、すみません。この会場は五時に閉館なので、もう片づけて出ないといけません。残りの〈選評〉は二次会の席でということでかまわないでしょうか」

スタッフの土鳩さんが申し訳ないといった感じで切り出した。

「そうですね。すみれさん、特選の評は二次会で聞かせていただけますか?」

「はい。梅天さんの句でしたね」

すみれさんは梅天さんのほうを見て、にっこり微笑んだ。

「先生、やっぱり私も特選、杏さんの句に変えていいですか?」

「もちろんですよ。僕も杏さんの句に変えたので、梅天さんの特選は取り消しますから」

「ええっ! そんな殺生な〜」

「じゃあ、私もそうします」

「すみれはんも、かわいい顔してむごいこと平気で言いまんなあ」

「冗談ですって、ねぇ、先生」

「そうですよ、冗談冗談」

鮎彦先生が梅天さんの肩を叩いて笑った。

「それにしても、杏さんのきょうの折句、すっごいしびれたなあ。句会であの句が読み解かれてゆくとき、ドキドキしちゃったよ。私、それまで気づかなくて。でも、ほんとによかったね。ほんとによかった……」

椅子を片づける手を止めて、すみれさんがそう言いながら、涙ぐんでいるのを見て、わたしもまた泣きそうになった。

「ありがとう、すみれさん。わたし、もっと頑張らなくっちゃ」

昴さんがコピーライターになる夢に向けて全力で進んでいるように、わたしも頑張らなくっちゃ、と胸のなかで繰り返し、昴さんへの思いをしっかりと抱きしめた。そして、昴さんの転勤という現実を強い気持ちで受け止めなければと改めて思い直したのだった。

エピローグ

一月の句会の二次会では、昴さんとわたしは居酒屋の席に並ばされ、みんなに散々冷やかされた。

特に母とエリカさんには、バレンタインデーに告白するだろうと思われていたので、昴さんへ贈った折句は二人の意表をついたらしく、ほんとによく思いついて実行したわねと感心されたり、勇気を出したわねと褒められたりした。

わたしはバレンタインデーまで、自分の気持ちが抑えきれなくなって、昴さんになんとか気持ちを伝える方法はないかと考えていた。

すると、ふと高校の古典の授業で習った『伊勢物語』の在原業平の一首「唐衣きつつなれにし妻しあればはるばるきぬる旅をしぞ思ふ」を思い出したのだった。「唐衣を着続けて、体に馴染むように、慣れ親しんだ妻が都にいるのではるばるやって来たこの旅を悲しく感じていることだ」という遠い都にいる奥さんを恋しがる歌なのだけど、この一首の各句の頭の文字をつなぎ合わせると、「かきつばた」となり折句になっている。授業中にもかかわらず、遥か昔の平安時代に詠まれたこの歌にすごく感動して、胸が熱くなったのだった。かきつば

た の咲く三河で詠んだといわれるこの一首を思い出して刺激を受けたわたしは、俳句で折句に挑戦してみようと思った。

それで何日もかけて、うまく意味をなす言葉を辞書を引いて探し、何度も何度も推敲して、やっと自分の気持ちが込められた一句ができたのだった。

そんなことをわたしは今、東京から乗り込んだ新大阪行きの新幹線のなかで思い返していた。

立春を過ぎてもまだ残っている寒さのことを「余寒《よかん》」という。俳句をはじめて知った季語の一つだけど、きょうは二月十四日、立春も過ぎてバレンタインデーなのにとても寒かった。

わたしは新幹線の窓側の席に座り、車窓を流れ去る風景を眺めながら、昴さんのことを思った。

カバンのなかには、手作りのチョコレートが入っている。

わたしはバレンタインデーを口実にして、大阪で新生活をはじめた昴さんに初めて逢いにゆく。

一月中頃に引っ越して二月一日から大阪支社に通勤しはじめた昴さんの住むマンションには、まだ開けられていない段ボール箱がたくさんあるらしい。

昨日、昴さんが電話でそう言っていたのだけど、きょうもその段ボール箱と格闘するということだった。

実はきょう、大阪に行くことは昴さんには内緒にしていた。

わたしは昴さんの新居の住所を訊いて地図でちゃんと調べてきたので、一人で迷わず行くことができる。大阪はわたしにとっても初めてだけど、もうすぐ昴さんに逢えるとなると、そんな不安は吹き飛んだ。

昴さんに内緒にしたのは、バレンタインデーに逢いに行くということは、わざわざチョコレートを渡しに行くということでそれがあからさまで恥ずかしかったし、突然訪ねて昴さんを驚かせたい気持ちもあった。そして、もう一つ内緒にしていることがあった。それは幼いころからずっとショートだった髪型を変えようと、折句が完成した日から伸ばそうと決めたことだった。と言っても、まだ一ヶ月と少ししか経っていないので見た目はほとんど変わらない。これから髪を伸ばし続けて、今までとは違う髪型になった自分を見てみたいし、昴さんにも見てもらいたい。些細なことかもしれないけれど、そうすることで、わたし自身も新しくスタートするんだという気持ちの証にしたかった。

でも、きょうはほんとうに寒い日だ。今夜から雪が降るかもしれないと天気予報は言っていたっけ。雪も立春を過ぎているから、ただの雪じゃなくて「春の雪」になるんだなと思った。わたしもだんだん季語に詳しくなってきたものだ。

車両の前の電光掲示板に、「ただいま三島駅を通過」という表示が流れている。

わたしは、いるか句会のみんなで吟行したことを思い出して車窓を見つめた。

あのとき、沼津の御用邸の近くの海岸で尻もちをついて転んだわたしを、昴さんが手をとって優しく起こしてくれた。わたしはあの一瞬の昴さんの手の感触を今でも思い出すことができる。

まだ体が温まらなくて、わたしはマフラーを首に巻いたままだった。

そして、少し緩んでいたマフラーに触れて締め直すと、ぽっと句が頭に浮かんできた。

「逢ひにゆくマフラー花のごとく巻く」

マフラーを締め直したとき、この前の一月の句会場の庭で昴さんと一緒に見上げた、二輪の寄り添う桜の花が浮かんできて句ができた。

こんなこともあるんだなと、わたしは急に天から降りてきたような十七音に少し驚いた。

「逢ひにゆくマフラー花のごとく巻く」

わたしは自分にだけ聞こえる声でそっとつぶやくと、その句を携帯電話のメモに打ち込んで大切に保存した。

あとがき

当初の打ち合わせでは、従来の俳句入門書の枠からはみ出すことのない企画でしたが、どういうわけか「俳句のいろは」が学べる物語仕立ての内容にしようという話になりました。私が無責任にも「たぶん書けるでしょう」と口を滑らせたことで、企画はほんとうにスタートしてしまったのですが、結局書き上げるまでに一年もの時間を費やすことになりました。入門書的な要素を満たしながら、そこに句会を舞台にしたラブストーリーを絡めたのも、私にとっては冒険であり初めての挑戦でした。ですので、執筆の途中遅々として進まず、ずいぶん苦しんだ時期もありました。

そもそも俳句の本において、私の知る限り本書の類書は見当たらないと思います。「俳句のいろは」はもちろん、「句会とはどういうものか」ということも伝えないと、この物語はなかなか進んでくれませんでした。

しかしある時から、登場人物が伸び伸びと動いてくれるようになり、物語をそれぞれのキャラクターが引っ張ってくれるようになったのです。

この物語を書く際に私は、大まかな流れは頭のなかにイメージしたものの、プロローグからエピローグまで明確なプロットをきちんと立てたわけではありませんでした。その場のひらめきと、あとは登場人物たちの予期せぬ言動に身を任せて書き進めていったのです。

何度目かの打ち合わせで、ラストシーンはどうするかという意見を交わしたときに、最後には順当なアイデアに落ち着きました。私もそのアイデアに従って書こうと思っていたのですが、いざパソコンの前に座ってキーボードを叩き出すと、当初のアイデアを完全に放棄して、登場人物の動くまま、しゃべるに任せて書いていきました。

それが自分でも思いも寄らぬラストシーンにつながっていったので、今でも不思議な思いがします。

最初は俳句にほとんど興味のなかった主人公の杏に、「よくここまで頑張りましたね」と優しく声をかけてあげたいくらいです。

俳句や句会を何か高尚なもののように考えている人が世の中にまだまだ多いなか、私はまずそのイメージを払拭したい気持ちが強くありました。

実際、私は「いるか句会」や「たんぽぽ句会」を開催することで、誰でも句会に気軽に参加できるよう門戸を開きました。しかし一方で、その句会に一歩足を踏み出すという敷居の高さが依然としてあることも実感していました。

では、どのようにして句会の面白さや豊かさを伝えればいいのか？

その答えの一つが、本書『桜木杏、俳句はじめてみました』だったように思います。

特に句会をまだ体験したことのない方には、本書をお読みいただき、句会へ足を運ぶきっかけになればとても嬉しく思います。

今まで一人で俳句を作り続けてきた方は、自分の作った俳句を持って句会へ飛び込んでみてください。結果はどうであれ、句会はまず参加することに大きな意義があります。

きっと未知の句会の座に勇気を出して加わることで、思いも寄らぬ人との出会いや十七音の奥深い世界があることに気づかされるでしょう。

最後になりましたが、本書に快く作品を提供してくださった俳句を愛する皆さまに心よりお礼を申し上げます。

そしてこのたび、単行本からこの文庫化にあたりご尽力くださった編集者の菊地さん、素敵なカバーイラストを描いてくださった石山さん、また本書にご協力くださったすべての方に深謝申し上げます。

令和元年十月吉日

堀本裕樹

本文内引用句及び実作者名

第一章

春燈の紫煙に消ゆる言葉かな　れいこ
どこまでも自販機売り切れで朧　四十九士
優しさはときにはみ出し桜もち　瞳
風光るデッドヒートのベビーカー　真城 紫
桜舞う駅員一点凝視せり　土鳩
春の夜のジュレ虹色に崩れをり　厚子
さよならは燕が低く飛んだ朝　れいこ
ふらここの空へ飛び込む想ひかな　瞳
遠足の声堤防で海を向く　四十九士
停電の夜道に灯る白木蓮　千梅
ひとさじの蜂蜜ほどの春の夢　瞳
火のこゑとなるまで雲雀揚がりけり　裕樹
春雨や保温に変はる炊飯器　裕樹

第二章

号外を踏み散らかして春疾風　四十九士
成立ての放送委員風光る　四十九士
遠足の帰りにひとりふえている　清太郎

秋風やひとさし指は誰の墓　寺山修司
父と呼びたき番人が棲む林檎園　寺山修司
麦の芽に日当るごとく父が欲し　寺山修司
林檎の木ゆさぶりやまず逢いたきとき　寺山修司
十五歳抱かれて花粉吹き散らす　寺山修司
大揚羽教師ひとりのときは優し　寺山修司
遠花火人妻の手がわが肩に　寺山修司
螢火で読みしは戸籍抄本のみ　寺山修司
鍵穴に蜜ぬりながら息あらし　寺山修司
剃刃に蠅来て止まる情事かな　寺山修司
薫風に飛びたいわたしのワンピース　裕樹
修司忌やかもめへパンのかけら投ぐ　裕樹

第三章

梅雨見つめをればうしろに妻も立つ　大野林火
古着屋の千のデニムを泳ぎけり　風彦
緑陰に倒れこむ心臓ふたつ　二酔
蝸牛男捻れて現れる　壱心
はがねなす神の杉なり走り梅雨　裕樹
板前の腕夏めく切り子かな　厚子
梅雨空や往くあてのなき飛行船　千梅
緑陰に明るきこゑの下校かな　十猪
螢の夜小さきガラスの犬を買ふ　朋子
梅雨寒し置きどころなく外すシュシュ　真城　紫
遠雷やうなじに土の匂ひせり　ナオミ
置き去りの眼鏡に映る梅雨の雲　敏生
梅雨寒しベンチに坐るウルトラマン　真理子
照れ笑ひ隠す日傘の白さかな　風彦
のうぜんの花より淡くこころ寄せ　小桃

第四章

東雲や実梅もぐ音広がれる　壮悟

とろとろと梅酒の琥珀澄み来る　石塚友二

わが減らす祖母の宝の梅酒瓶　福永耕二

短夜や乳ぜり泣く児を須可捨焉乎　竹下しづの女

さきみちてさくらあをざめゐたるかな　野澤節子

敷かれたるハンカチ心素直に坐す　橋本多佳子

きつかけはハンカチ借りしだけのこと　須佐薫子

ビール酌む男ごころを灯に曝し　三橋鷹女

あの人の横顔遠し明易し　裕樹

第五章

まなうらに今の花火のしたたれり　草間時彦

少し派手いやこのくらゐ初浴衣　草間時彦

暗く暑く大群集と花火待つ　西東三鬼

朝顔にしばし胡蝶の光り哉　宝井其角

帰したくなくて夜店の燃えさうな　千野帽子

第六章

ビール飲む夫の優しき語りかな　裕樹
をりとりてはらりとおもきすすきかな　飯田蛇笏
栗を剥き独りの刻を養へり　野澤節子
此道や行く人なしに秋の暮　松尾芭蕉
秋の蚊と一騎打ちして敗れたり　真理子
秋蝶やだからさういふことにして　独楽
箱の桃二列に香り立ちにけり　裕樹
竜胆を抱へて走るタキシード　美侑
秋の海話すは言葉放すこと　菊八
星月夜見渡す限りあいこでしよ　忠仁
銭湯を出て夕風や渡り鳥　土鳩
秋の波逢ひたき人の声聞こゆ　小桃
バス停のよく知る他人秋の暮　独楽
のりしろのただまつすぐに秋の海　独楽
スキャットの溶けゆく秋の静寂かな　風彦

第七章

朝の手を静かにとめて小鳥かな　朋子
言の葉を心にためし暮秋かな　厚子
達郎の流れて釣瓶落しかな　真理子
秋風とともに面影立ちにけり　裕樹
小鳥来るポップコーンの列にゐる　真城　紫
蜻蛉や戦地に向かふ友の背の　千梅
秋めいて歩幅も深くこの人と　瞳

面白やどの橋からも秋の不二　正岡子規
どむみりとあふちや雨の花曇　松尾芭蕉
秋燕の流造をすべり来る　裕樹
深空より金木犀の香をたまふ　裕樹
秋風や雁のかたちの釘隠し　裕樹
流れきて鴨つぎつぎと萩の下　裕樹
秋暑き蘇鉄のゆがむ硝子かな　裕樹
今昔の木犀の香の囁けり　瞳

秋蝶の破れ帆のごとく吹かれけり　裕樹

水澄みて光にとける祈りかな　忠仁

秋澄むや天子は鳥に囲まれて　タケウマ

愛鷹が露払ひして秋の富士　安弘

第八章

咳をしても一人　尾崎放哉

霜とけ鳥光る　尾崎放哉

点滅は聖樹の言葉クリスマス　山崎みのる

クリスマスゆき交ひて船相照らす　加藤楸邨

この出逢ひこそクリスマスプレゼント　稲畑汀子

聖樹の灯心斎橋の灯の中に　石原八束

第九章

雪はげし抱かれて息のつまりしこと　橋本多佳子

冬銀河宿命といふ拠りどころ　ナオミ

胡麻炒れば藁の匂ひや冬夕焼　ナオミ

湯豆腐をぶつけてみたき男かな　小桃

第十章

クリスマス弱火で愛を煮つめをり　土鳩
人ごみに居ぬ君を追ふ聖夜かな　うずら

ねんごろな言伝とどき初句会　中村汀女
初電話つぎつぎ福を告げにけり　土鳩
去年より祈りの長き初詣　風彦
冬雀はらりはらりと降りにけり　小桃
ストールのバス待つこころ瑠璃色に　裕樹
湯ざめして研ぎ澄まされる一手かな　忠仁
海鳥を見にゆくだけの四日かな　裕樹
冬夕焼いるかを撫づる調教師　土鳩
日脚伸ぶ朝礼台の下にゐる　壱心
読初の漱石の句を写しをり　ナオミ
寒月や画面の文字の息づかひ　康子
新年や富士に喰はれる夢をみて　真理子
初春やくねりくねりと飴細工　裕樹

葱を煮る間に溶けてゆくこころ　小桃

なき人の願ひを願ふ初詣　清太郎

木の香りする神の子や初詣　裕樹

エピローグ

逢ひにゆくマフラー花のごとく巻く　朱音

主要参考文献

寺山修司『両手いっぱいの言葉』　新潮文庫
寺山修司『花粉航海』　ハルキ文庫
杉山正樹『寺山修司・遊戯の人』　河出文庫
山本健吉『基本季語五〇〇選』　講談社学術文庫
『決定版　尾崎放哉全句集』　伊藤完吾　小玉石水編　春秋社
『合本現代俳句歳時記』　角川春樹編　角川春樹事務所
『合本俳句歳時記　第三版』　角川書店編　角川書店
『俳句歳時記　第四版　夏』　角川学芸出版編　角川文庫
『俳句歳時記　第四版　秋』　角川学芸出版編　角川文庫
『俳句歳時記　第四版増補　冬』　角川学芸出版編　角川文庫

「いるか句会」は本当にあるんです。

本書の舞台になっている「いるか句会」は、著者の堀本裕樹が主宰する「いるか句会」がモデルとなっています。

句会は老若男女様々な人たちが集まる楽しいコミュニケーションの場。十七音の世界を通して、みんなで打ちとけ合うのは日常では味わえない新鮮な面白さです。本書を読んで句会に興味を持たれた方は、ぜひいるか句会へ遊びに来てください。季語や俳句のルールがわからなくても大丈夫。堀本裕樹の指導のもと、実践形式で楽しく俳句を学べます。

最新の句会スケジュールや会場までのアクセスは堀本裕樹公式サイトで随時情報を配信していますので、チェックしてみてください。

http://horimotoyuki.com/

解説

南沢奈央

わたしは、俳句を貰ったことがある。

祖母は俳句を嗜んでいた。遺された俳句ノートには、年譜のようにたくさんの句が書かれていた。旅行先で出会った景色、自分の人生を振り返ったもの、日常生活の些細なこと、家族の出来事……色とりどりの俳句が並ぶ。

その中に、「奈央の初舞台」と小さく添えられているものがある。当時十八歳だったわたしの初めての舞台を観に来てくれた時に詠み、そしてプレゼントしてくれた一句だ。

〈劇場を出でて眩しき夏柳〉

近くに住んでいた祖母とは会える機会が多く、よくお喋りをしに行っていた。仕事が忙しくなると、手紙に近況を書いては、祖母の家まで届けたりしていた。祖母も凛とした字で返事をくれた。こうしてたくさんの言葉や手紙を貰ってきたけど、この十七音が何よりも心に残っているのだ。わたしにとって、大切な宝物だ。

だからきっと、最近わたしが俳句の番組に出演させていただくことが多かったり、こうして俳人である堀本裕樹さんの小説の解説を書かせていただいている姿を見て、天国の祖母も喜んでいることだろう。

読書が好きなわたしとしては、俳句という文学を読むことが純粋に楽しい。新聞や雑誌に俳句のコーナーがあれば、他の記事よりも長い時間眺めてしまう。堀本さんと歌人の穂村弘さんの共著『短歌と俳句の五十番勝負』は、五十のテーマでそれぞれ俳句と短歌を詠み、それに纏わるエピソードが添えられているというおもしろい一冊だ。お気に入りの本なのだけど、俳句と短歌を読むのに小説よりもよっぽど時間がかかる。なぜなら、想像するからだ。

あの俳句の十七音の行間ったら、堪らない。いや、〝行〟にさえならないから〝言葉間〟とでも言おうか。十七音で表現された数限られた言葉から広がる世界、そして作者の真意を想像する。見たこともない宇宙を頭に思い描くようだ。果てしなく広がる想像というのは、心が躍る。

一通り読み終えたら、自分だったらこのテーマでどんな俳句を作るかな、なんてことも考えてみたりもするけれど、十七音に収まることもなく、詠めること自体がやっぱり凄いなぁと紙面を見返す。すると、さっきの想像は間違っていたんじゃないかと思い始め、正しいものがまったく分からず、不安になってくる……。

楽しいことには違いないのに、最終的に少しだけモヤモヤしてしまっているのだ。わたしには思い出や興味があっても、俳句を作る技術も知識もない。鑑賞する方法もよく知らない。これがために、俳句の世界にもう一歩踏み込めないでいた。それが本書を読んで、実にすっきり。モヤモヤは消え、爽やかな気持ちになっていた。


俳句初心者である主人公・桜木杏に自分を投影させて読んでしまったのは言うまでもなく、初めて〝いるか句会〟に参加するという、緊張と不安から始まる。〈句会って何を着ていけばいいんだろう〉と悩み、〈わたしみたいなのが行ってほんとにいいのかな……〉と躊躇う。プロローグで描かれる、句会に向かう直前の杏の心境というのは、読者にぐっと自分事のように思わせる。

そうなのだ、行ったことのない人間からすると、句会ってまさに未知の世界だ。どこでやっているのか、どんな人がいるのか、何をするのか、初心者でも行っていいのか、何を着て、何を持って行けばいいのか……。わたしも何度か参加してみたいと思ったことはあったが、どうにも勇気が出ないのは分からないことだらけだからだ。

だがそうした不安は、〝いるか句会〟初参加の模様が描かれた第一章ですべて解消される。

まず、参加者の個性豊かなこと。年齢も仕事も、俳句経験もさまざま。立派なあごひげをたくわえた梅天さんに、キャバ嬢のような派手な装いのエリカさん、七三分けの銀行員・鴫仁さん、コピーライター志望で社会人一年目の昴さん、杏と同い年の大学二年生・すみれさん。そして杏を連れてきた母親が目を輝かせているのは、鮎彦先生。俳句の先生と言ったら、勝手に梅天さんのようなおじいちゃんをイメージしていたが、三十代後半くらいのオシャレで穏やかな先生というから、これまた意外。

そして、鮎彦先生が句会の流れを丁寧に教えてくれる。最初に、それぞれが用意してきた句を短冊に書いて提出、つまり〈出句〉する。短冊に書くと言っても、改まる必要はない。筆でなくても、ボールペンや鉛筆など各々好きなものを使えるのは気が楽だ。それらを集め、シャッフルしたのち、手元に来た誰かの句を清記用紙に丁寧に書き写す〈清記〉の作業に入る。こうして誰がどの句か分からない状態で、魅力を感じたものを〈選句〉していく。五句選び、特選を一句決める。

休憩をはさんで、自分の選んだ句を読み上げて発表する〈披講〉にうつり、そこで作者が明らかになっていく。自分の選んだ句は誰のものなのか、自分の句が誰かに選ばれているのか、気持ちが高揚する瞬間だ。そして最後に〈選評〉の時間。特選に選んだ理由や句から感じたことを話していくのだ。

ここに、句会の醍醐味があると思った。一人で鑑賞するのとは違って、誰かと鑑賞し、共有する。すると、同じ一句を見ていても、他の人には違うものが見えていたり、捉え方が違うことに気づく。〈読み手の想像の余地が多い分、自由な解釈が生まれて、そこが面白みの一つ〉だと鮎彦先生が言うように、受け取り方が十人十色なのだ。

正解かどうかは重要ではない。一つの作品を、それぞれの鑑賞者がどのように捉えるか。さまざまな解釈を楽しんでいい俳句の器の大きさに、杏と一緒に気づいていくのだった。

とは言っても、いざ俳句を作るとなったら難しいものだ。何をテーマにするか。十七音という限られた中に、どの言葉を使っていくか。その前に基本ルールとして季語が必要だし、まず季語を知らなくてはならない。そこで大活躍するのが、歳時記だ。

歳時記は読み物として好きな一冊だ。お勧めの本として紹介することもある。実はこれも祖母から貰ったものだ。俳句を詠まないくせに、歳時記はしょっちゅう読む。

秋の季語のページを開いた時、月の呼び名がとにかく多いことに驚いたことがあった。もちろん月を詠んだ例句も相当数、掲載されている。旧暦八月初めのころの月を『初月』、八月二日は『二日月』、翌日は『三日月』、七、八日ごろまでは、夕方出た月は夜には沈んでしまうことから『夕月』。そして十四日の夜、『名月』を翌日に控えた『小望月』。その夜を『待宵』と言うくらいだから、どれだけ十五日の『望月』『今日の月』を待ち望んでいたのかが窺い知れる。一日一日の月の変化を感じ取っていた、日本人の感受性や趣に無性に感動してしまった。

東京に住んでいると月が見える場所も少なく、月をゆっくり見上げる余裕もない。そんな現代社会で、人生の機微に触れることができるのも、俳句の良さなのではないだろうか。

俳句をどう作ったらいいかとスランプに陥っていた杏も、俳句の題材を求めて旅をする吟行で、〈訪れた場所をよく観て耳を傾け〉、〈季語を見つけて体感〉し、目の前のことにしっかりと目を向けて気づけるようになっていくのだ。やがて、自分の気持ちにも向き合っていく――。

そして杏が作った句を一緒に育てて大きくしてくれる、〝いるか句会〟の仲間たちとの時間によって、杏自身も成長していく。大きい一歩ならぬ一句に踏み出すラストは、とても愛おしい。

俳句とは、やさしいものだ。

さまざまな人のさまざまな思いを受け入れてくれる。この小説が、あたたかい俳句の世界への扉を開いてくれた。

祖母から貰ったお守りを頼りに、扉の向こうへすすんでみようと思う。

――女優

この作品は二〇一四年六月駿河台出版社より刊行された
『いるか句会へようこそ！　恋の句を捧げる杏の物語』
を改題したものです。

幻冬舎文庫

●最新刊
令嬢弁護士桜子
チェリー・ラプソディー
鳴神響一

幼い頃のトラウマで「濡れ衣を晴らす」ことに執着する一色桜子に舞い込んだ殺人事件の弁護。被疑者との初めての接見で無実を直感するが、事件の裏には空恐ろしい真実が隠されていた。

●最新刊
ダブルエージェント 明智光秀
波多野 聖

実力主義の信長家臣団の中でも、明智光秀の出世は異例だった。織田信長と足利義昭。二人の主君に同時に仕えた男は、情報、教養、したたかさを武器に、いかにして出世の階段を駆け上がったのか。

●最新刊
ぼくんちの宗教戦争!
早見和真

父の事故をきっかけに、両親は別々の神さまを信じはじめ、家族には〝当たり前〟がなくなった。ぼくは自分の〝武器〟を見つけ、立ち向かうが――。子どもの頃の痛みがよみがえる成長物語。

●最新刊
大人になれない
まさきとしか

母親に捨てられた小学生の純矢。親戚の歌子の家に預けられたがそこは大人になれない大人たちの吹き溜まりだった。やがて歌子が双子の姉を殺したと聞き純矢は真実を探り始めるが。感動ミステリ。

●最新刊
きっと誰かが祈ってる
山田宗樹

様々な理由で実親と暮らせない赤ちゃんが生活する乳児院・双葉ハウス。ハウスの保育士・温子は我が子同然に育てた多喜の不幸を感じ……。乳児院とそこで奮闘する保育士を描く、溢れる愛の物語。

桜木杏《さくらぎあん》、俳句《はいく》はじめてみました

堀本裕樹《ほりもとゆうき》

令和元年12月5日　初版発行

発行人――石原正康
編集人――高部真人
発行所――株式会社幻冬舎
〒151-0051東京都渋谷区千駄ヶ谷4-9-7
電話　03(5411)6222(営業)
　　　03(5411)6211(編集)
振替00120-8-767643
印刷・製本―株式会社　光邦
装丁者――高橋雅之

幻冬舎文庫

ISBN978-4-344-42925-3　C0193　ほ-17-1